文春文庫

狂う潮

新・酔いどれ小籐次（二十三）

佐伯泰英

文藝春秋

目次

「新・酔いどれ小籐次」おもな登場人物

赤目小籐次《あかめことうじ》
元豊後森藩江戸下屋敷の厩番。主君・久留島通嘉が城中で大名四家に嘲笑されたことを知り、藩を辞して四藩の大名行列を襲い、御鑓先を奪い取る（御鑓拝借事件）。この事件を機に、〝酔いどれ小籐次〟として江戸中の人気者となる。来島水軍流の達人にして、無類の酒好き。研ぎ仕事を生業としている。

赤目駿太郎《しゅんたろう》
小籐次を襲った刺客・須藤平八郎の息子。須藤を斃した小籐次が養父となる。元服して「赤目駿太郎平次《ひらつぐ》」となる。

赤目りょう
小籐次の妻となった歌人。旗本水野監物家の奥女中を辞し、芽柳《めやなぎ》派を主宰する。須崎村の望外川荘に暮らす。一家の愛犬はクロスケとシロ。

久慈屋昌右衛門《くじやまさえもん》
芝口橋北詰めに店を構える紙問屋久慈屋の八代目。妻はおやえ。

観右衛門《かんえもん》
久慈屋の大番頭。

国三《くにぞう》
久慈屋の見習番頭。

空蔵《そらぞう》
読売屋の書き方兼なんでも屋。通称「ほら蔵」。

青山忠裕《ただやす》
丹波篠山藩主、譜代大名で老中。小籐次と協力関係にある。

おしん　青山忠裕配下の密偵。中田新八とともに小籐次と協力し合う。

子次郎《こじろう》　江戸を騒がせる有名な盗人・鼠小僧。小籐次一家と交流がつづく。

三枝薫子《さえぐさかおるこ》　直参旗本三枝實貴《さねたか》の姫。目が見えない。江戸で小籐次と子次郎に窮地を救われた後、三枝家の所領のある三河国で暮らしている。

〈豊後森藩〉

久留島通嘉《くるしまみちひろ》　八代目藩主。

嶋内主石《しまうちしゆせき》　国家老。

池端恭之助《いけはたきようのすけ》　通嘉の近習頭。

創玄一郎太《そうげんいちろうた》　江戸藩邸勤番徒士組。

田淵代五郎《たぶちよごろう》　江戸藩邸勤番徒士組。

長野正兵衛《ながのせいべえ》　江戸家老。

水元忠義《みずもとただよし》　御用人頭。

三崎義左衛門《みさきぎざえもん》　船奉行。

狂《くる》う潮《うしお》

新・酔いどれ小籐次（二十三）

第一章　三十石船

一

文政十年（一八二七）仲夏、夕暮れの刻限、赤目《あかめ》小籐次《ことうじ》と駿太郎《しゅんたろう》の父子は、伏見京橋《ふしみきょうばし》の河湊《かわみなと》に到着した。

宇治川の両岸に船問屋や旅籠《はたご》が軒を連ねて、繁華な様子がひと目で知れた。

「父上、丹波篠山《たんばささやま》を訪ねた折、京の都には参りましたが伏見は初めてですね」

「いかにもさよう、わしも見知らぬ地だ」

「この伏見から大坂に三十石船《さんじっこくぶね》が出るのですか」

「と、聞いておる」

父子は岸辺に舫《もや》われた三十石船を見た。

過書船《かしよぶね》ともよばれる乗合船は、全長五十六尺（およそ十七メートル）、幅八尺三寸（およそ二・五メートル）の平底船だ。夜船にも利用するので、苫屋根《とま》が設《しつら》えられていた。ついでに付け加えれば客は二十八人から三十人乗せられた。

下り船は、伏見の平戸橋、蓬萊橋、京橋、阿波橋の四つの船着場から夜に発ち、早朝に大坂の八軒家、淀屋橋、東横堀、道頓堀の各船着場に着いた。

「父上、船宿はなんと言いました」

「京橋浜の大伏見《おおふしみ》というたかのう」

「たれぞに尋ねましょうか」

駿太郎が辺りを見回したとき、菅笠《すげがさ》をかぶった旅姿の武家が歩み寄ってきた。

「お迎えのお方が参られました」

「うむ、迎えじゃと」

駿太郎の視線の先を見た小籐次が、

「殿の近習頭どのがわれらの迎えか、恐縮じゃのう」

と応じると森《もり》藩家臣の池端恭之助《いけはたきようのすけ》が菅笠を外して、

「よう、参られました。赤目様方は伏見の京橋浜は初めてですか」

と父子に問うた。

「おお、伏見から摂津大坂へと下り船が出ておることは承知じゃが、初めて訪れたな。なんとも繁華な浜よのう」

「はい、当藩、参勤交代のたびに過書船を利用しますが、伏見と大坂天満《てんま》の八軒家の間、上り船は早朝に大坂を出て、およそ十一里を遡り、夕刻には伏見に着きまする。それがしも半刻（一時間）前にこの京橋に着きました」

「うむ、となると今晩この地に泊って明日下り船に乗るのかな」

「いえ、すでに今宵の過書船を仕度させております。それがしも赤目様方と下り船にて大坂に同道致します」

「おお、それはご苦労なことよ」

三人が橋の袂《たもと》で話している間にも上り船が次々に到着し、客や荷を下ろしていく。

いつの間にか京橋の河湊は、上り船と下り船の乗合客でごった返していた。その様子を見ていた池端恭之助が、

「駿太郎さん、宇治川はこの先で淀川となります。この浜には淀川を上り下りする三十石船が一昼夜に三百艘《そう》も往来し、一日に九千人もの客を運んでおるのです」

と若い駿太郎に教えた。

「なんと三百艘、九千人ですか」

駿太郎は改めて京橋の浜を眺め渡した。

江戸では聞いたこともない規模だ。いや、江戸期にかような交通手段はこの淀川三十石船しかなかった。

「父上、大川のほうが淀川より大きいですね。でも、こんな賑わいを見せる乗合船は江戸にもありませんよね」

「ないな。せいぜい浅草花川戸から川越を往来する川越舟運じゃが、この淀川三十石船とは、比べようもないな。それにしても、池端どの、乗合船の上り下りを一昼夜、われらが迎えになんともご苦労じゃな」

小籐次が久留島通嘉《くるしまみちひろ》の近習頭を労《ねぎら》った。

「赤目様、上り船は乗合にございましたがな、下り船は、船頭四人で流れに乗せて大坂までいくのです。楽な旅です」

池端が応じた。

「そうか、下り船は、楽な船行か。それに比べて淀川を十一里も漕《こ》ぎ上がるのは大変であろうな」

と小籐次は船頭のことを思い、話を戻した。

「河口付近では満ち潮の力も借りてなんとか遡上《そじょう》できまする。されど上り船のほとんどは、エッサエッサと声を掛け合いながら船頭衆が綱を引いて上がります。綱をひく曳き場は犬走りが設けられ、九つあるそうです。次々に三十石船を引っ張りあげる曳き場は、これはこれで見物です」

と説明した池端が、

「参りましょうか」

と橋から船着場にふたりを誘《いざな》った。

京橋浜の河湊に、乗合船にしては立派な屋根船が停泊していた。そして、三河の三枝《さえぐさ》家の所領に文遣いにきた若い中間《ちゅうげん》の与野吉《よのきち》が、

「道中、なんの難儀もございませんでしたか」

と小籐次と駿太郎に尋ねた。

「与野吉さん、恙《つつが》なくこの宇治川の京橋浜まで着きました。今朝、七つ（午前四時）発ちで石部宿より草津、大津、京の伏見までゆっくりと道中の景色を楽しみながら、つい最前、この地に着いたところです。三河の三枝家を出て六日目ですか」

「さすがに旅慣れた師匠と駿太郎どのですね、石部宿からならば、ほぼ十里はございますぞ」

と池端が感心したように言った。

「父上はお歳です。道々、馬に乗りませんか、と願ったのですが、研ぎ屋風情が馬に乗れるものか。馬も昔々の厩番《うまや》を鞍に乗せたくなどあるまいと拒まれました」

駿太郎がふたりに応じると、

「天下の武人なれば馬も喜びましょうに」

と池端が追従顔《ついしょう》で言った。

「ところでわれらの船はどれだな、未だ三十石船は着いておらぬか」

「赤目様、すでに仕度がなっておりますぞ、こちらに」

「うーむ、まさかこの屋根船ではあるまいな」

小籐次が眼前のひと際立派な屋根船を見た。

乗合船が安直な茅《かや》の苫屋根であるのに対して、その屋根船は檜皮葺《ひわだ》きの本式であった。また船頭衆も、褌《ふんどし》一丁の他の乗合船と違い、きちんと大伏見と屋号を染めた半纏《はんてん》を着ていた。

「いかにもこの屋根船が今宵の酔いどれ小籐次様の乗物にございます」

「池端どの、わしと駿太郎のふたりを乗せるために用意したのではあるまいな。どなたか相乗り客がおられるか」

「いえ、赤目様と駿太郎様おふたりの乗物にございます」

と答えた池端が、

「旅籠を兼ねた過書船問屋の大伏見は、森藩が代々使ってございましてな、それで赤目様父子に一艘用意せよと殿が直に大伏見に命じられました」

小籐次は、しばし池端の言葉の意を吟味した。

豊後《ぶんご》森藩一万二千五百石の久留島家は、城なしの貧乏大名として知られていた。

小籐次の名を世間に知らしめた「御鑓拝借《おやりはいしゃく》」騒ぎも城中で同輩大名四家に、城なし大名として屈辱を受けたことが発端だった。またこの騒ぎもあって豊後の久留島家は、借財だらけの貧乏外様小名として有名になってしまった。

「われらごときに殿が参勤交代の折にお使いになる過書船を用意されたとな。さような身分ではなし、乗合船で十分じゃがのう」

と小籐次が池端恭之助に抗《あらが》った。だが、すでに大伏見の持船は、出立の仕度がなっていたのだ。そこへ大伏見の主と番頭と思《おぼ》しきふたりが姿を見せて、

「池端様、わてに天下一の武人、酔いどれ小籐次様を紹介してもらわれへんやろか。江戸で名高い剣術家にお目にかかるやなんて、なんとも鼻が高うおす」

ともみ手をした。

「赤目様、船問屋の主、大伏見栄左衛門《えいざえもん》と番頭の八蔵にございます。してこちらは」

と言いかけた池端を制して、

「主どのに番頭どのか。わしと倅《せがれ》は、かような立派な三十石船に乗せてもらう身分ではないがのう。昔を明かせば森藩下屋敷の厩番でな、下士であった身じゃぞ」

「酔いどれ様の出世譚、よう承知しております。わてら、酔いどれ小籐次様と嫡男駿太郎様にお乗り頂いたとなると、この伏見の京橋浜で鼻高々どすわ。ただ今四斗樽《しとだる》を用意させますわ、大杯でな、二、三杯飲まはって、うちの過書船で大坂までお下りやす」

と番頭に命じようとする主に、

「相分かった。われら父子、有難く大伏見の屋根船に乗せてもらおう。船着場で酒を飲まされてもかなわんでな。本日はこれにてご免蒙《こうむ》ろう」

小籐次は池端に目顔で迫って駿太郎といっしょに大伏見の立派な三十石船に急ぎ乗り込んだ。

「酔いどれ様、ほんなら帰路にはこの京橋にて一泊してくれはりまへんか。その折、伏見の上酒をぎょうさん仕度させておきますさかい」

との番頭の声を背にしながら、船上から振り向いた小籐次は、うっ、と呻《うめ》き声を洩《も》らした。

なんと船問屋大伏見の奉公人衆が、

「天下一の武人　酔いどれ小籐次様こと赤目小籐次様
御座乗の過書船なり　船問屋大伏見」

と大書した幅広にして長大な白布を京橋の浜で振り回し始めた。すると浜にいた乗合船の客が、

「おお、あの爺様が酔いどれ小籐次やて、えらいちっこいやないか、贋《にせ》もんと違うやろか」

「いや、不細工な大顔に貧相《ひんそ》な体つきやが、ほんまもんや」

「わては江戸でな、大名はんの御鑓先を切らはった折、見ましてん。あの折は六尺豊かな兵《つわもの》やったのに、この歳月に縮まはったんと違うやろか」

などと無責任なことを言い合った。

「これ、船頭どの、急ぎ船を出して下され、お頼み申します」

小籐次が下り船の出立を急がせ、

「へえ、赤目小籐次様座乗の大伏見のおん船、舫いを解かんかい」

と主船頭勇次《ゆうじ》が配下の船頭衆に大声で命じた。

「酔いどれ様よ、剣の舞を京橋の浜で演じとくなはれ」

「わてら、投銭で見物料を払いますさかい」

などとまたひと騒ぎがあった。

屋根船の艫《とも》に立ち竦《すく》んだ父子と困惑の体《てい》の池端恭之助の三人が、離れていく浜を黙したまま見ていた。

ようやく船着場を離れ宇治川の流れに乗った船上で池端が、

「ふうっ」

と吐息をついた。

「なんという騒ぎか」

と小籐次が憮然《ぶぜん》として吐き捨てた。

「師匠、そう申されますな。これは殿が金を使わずして、かような過書船を仕立てる算段をなされた成果にございます」

池端が小籐次を師匠と呼ぶのは、池端も赤目小籐次の、数少ない来島水軍流《くるしますいぐん》の弟子のひとりゆえだ。

小籐次が理解つかぬのは、

「金を使わずしてかような過書船を仕立てる算段」

なる池端の言葉だった。

「赤目様、まず屋根の下の玉座に落ちついてくだされ」

と池端が願い、小籐次と駿太郎父子は三十石船の屋形に入った。すると胴ノ間に立派な造りの脇息《きょうそく》つきの座があって、傍らには四斗樽が用意されているではないか。そこに中間の与野吉がすでに控えていた。

「なんという大仰な出迎えか。口にしてはなるまいが、ようもかような仕度が」

「貧乏大名にできたなとの問いでございますね。はい、摂津大坂に先行なされた殿が大伏見栄左衛門どのに申されましたので」

「なにを大伏見の主に告げたというのだ」

「はい、かような問答がございました」

「天下に名高き酔いどれ小籐次こと赤目小籐次は、昔もいまもわが豊後森藩久留島家の家臣である。三百諸侯と数多《あまた》あるなかで、よいか、大伏見栄左衛門、あの父子はわが家来じゃぞ」

「殿様、ほんまのことでございますか」

「念押しするまでもないわ」

「赤目様親子になにをせえと、殿様は言わはるのどすか」

「大伏見、酔いどれ小籐次のために摂津大坂まで過書船一艘を仕度せよ」

「わてら、淀川三十石船の船問屋どす。容易《たやす》い話どすわ」

「大伏見、そのほう未だ予の申すことが分かっておらぬな」

「三十石船を用だてる、それだけのことでございまっしゃろ。お客様と変わらしまへん」

「大伏見栄左衛門、赤目父子は、幾たびも公方《くぼう》様に拝謁致し、ある折には御三家御三卿、老中以下幕閣の面々が居並ぶ千代田城の白書院にて、雪と花火の競演なる剣の舞をひと差し演じてみせたのだぞ」

通嘉はその場に呼ばれていなかった。そのことは大伏見の主に告げなかった。

「へえ、わても読売で読みました」

「ならば話が早いわ。駿太郎は弱冠十二歳にして演武見事なりということで、上様より備前古一文字則宗《こいちもんじのりむね》を拝領致したほどの若武者なるぞ。わが家臣ながら、かような父子を乗せるとは船問屋大伏見、そのほうらにとって名誉極まりなし、船賃など赤目親子に請求はするまいな」

「うーむ」

と大伏見の主が唸《うな》った。

「ついでに、当藩未払いの船代を帳消しにせよ」

しばし沈思した船問屋の主が質《ただ》した。

「ははあ、天下一の赤目小籐次様と駿太郎様父子が、うちの船に確かに乗らはりますな」

「おお、予がこたび参勤下番に従えと命じたでな」

「……との殿と大伏見の主の問答がございまして、最前の京橋の浜の、あのような騒ぎになりましてございます」

池端の説明に小籐次は応じる言葉を思い付かなかった。

「まずは玉座に」

と池端に再度言われて、腰から次直《つぐなお》を抜いた小籐次が胴ノ間の玉座に座った。

すると与野吉が朱塗りの大杯三段重ねの小盃に四斗樽から七分ほど注いで差し出した。

小盃といえども二合五勺は入りそうだ。

伏見の酒の香が小籐次の鼻腔を刺激した。困惑を鎮《しず》めるために、

「頂戴しよう」

と言った小籐次が盃を手に、

「与野吉とやら、中杯、大杯は仕舞っておけ。この小盃でゆるゆると飲ませてもらおう。船着場の騒ぎを忘れたいでな」

との言葉を洩らすと、両眼をつぶって喉に落とした。すると伏見の上酒の香が口のなかに拡がり、陶然とした気持ちになった。

屋根船はゆっくりと淀川との合流部に向かっていた。

「父上、夕餉《ゆうげ》の弁当が用意されております。先に食してようございますか」

と船室の片隅の弁当らしき器を見た駿太郎が言った。

「おお、わしは池端恭之助どのと話があるでな、与野吉といっしょに先に食せよ」

と応じた小籐次が、

「まさかその弁当も大伏見の用意したものではあるまいな」

と池端に質すと、

「赤目様のご拝察どおり大伏見の淀川下り弁当なる豪奢な馳走です。われらも弁当の菜をつまみに酒を頂きますか」

と応じた。

「いや、明朝までひと夜の船旅であろう、ゆるゆると参ろうか。夕餉は話のあとでよかろう。池端どの、付き合うてくれるな」

と願うと久留島通嘉の近習頭がいささか緊張の顔で小籐次の前に座した。

「与野吉、主どのに酒を」

と小籐次が願った。

与野吉は久留島家の中間ではなく、近習頭池端家の雇い人と小籐次は、ふたりの言動から察していた。つまり与野吉は久留島家の陪臣というわけだ。

「はい、ただ今」

与野吉が応じて徳利に四斗樽から注いで、盃といっしょに、折敷《おしき》膳に載せて運んできた。

「まずは一献」

と小籐次が朱塗りの盃を上げ、池端恭之助も応じた。

そのとき、駿太郎が屋根船の障子を開くと宇治川の夕暮れの岸辺に青紅葉の並木が常夜灯の灯りに浮かんで、爽やかな川風が入ってきた。

「おお、伏見の酒の菜はこの青紅葉か。贅沢極まりないな」

池端恭之助も小籐次も最前の騒ぎを忘れて静かに銘々の器の酒をちびりちびりと堪能して心を落ち着けた。

駿太郎と与野吉はふたりの邪魔をしないよう舳先《へさき》に移った。

「なんとも大変な旅になりそうじゃな」

「はあ」

小籐次の言葉に池端が短く応じた。

小籐次は外の景色を見ながら、酒を口に含んだ。そして、考えていた。こたびの参勤下番に同道する一件はなんとも妙だった。

赤目小籐次が森藩の厩番であったのは、十年以上も前のことだ。それは世間も藩主の久留島通嘉も、そして、むろん小籐次も承知のことだ。だが、通嘉は、未だ小籐次が森藩家臣であるかのように振る舞っていた。たしかに小籐次も、

「忠勤を尽くす主は、予、久留島通嘉か」

と通嘉当人に問われれば、

「はっ、赤目小籐次、忠勤を尽くす主は、殿お一人にございます」

と答えてきた。だが、これは旧主と厩番のふたりだけに通じる儀礼の問答に他ならなかった。それが、最前聞いた大伏見との問答では小籐次ばかりか駿太郎まで森藩の家来であるかのように通嘉は発言したという。

自分が通嘉にそう呼ばれるのはよいが、駿太郎までそう扱われるのは釈然としないと小籐次は思った。

国許に参れば、通嘉の発言がさらにひどくならないか、そしてこのこたびの森藩訪《おとな》いは関わりがあるのかないのか。

二

小籐次は視線を池端恭之助に向けた。

「池端どの、そなた、こたびのわれら親子の森藩訪問の真意を承知かな」

と質した。

池端はしばし瞑目し、顔を横に振って両眼を見開くと、

「存じません」

とはっきりと答えた。

「わしは殿が家臣のなかでいちばん信頼しているのが、そなた、近習頭池端恭之助どのと察しておったが違ったか。となると相談する相手はどなたかのう」

「赤目様、殿が胸のうちを打ち明けるお方は、赤目小籐次様の他にございますまい」

池端は、小籐次の問いとは違った返答をなした。

「はっきりと言っておこうか。わしはもはや森藩久留島家の家来ではない。ただの研ぎ屋爺である。また駿太郎は、わしとおりょうの倅に過ぎぬ」

「いかにもさようです。殿は、その赤目小籐次様を頼りにされておられます。このたび、赤目小籐次様と駿太郎さんが参勤交代に従い、国許に同行なさることを知った重臣のなかには、強く反対なさるお方もございました。何年か前、森藩の御用商人小坂屋金左衛門《こさかやきんざえもん》の娘采女《うねめ》を殿が参勤上番に同道なさった騒ぎと同じことだと申されるお方もおられますそうな」

「なんと、殿が江戸出府に際して別行動ながら伴ったあの女と、おなじくわしの

行いは愚かというか」

かの一件を記憶していた小籐次は茫然自失した。

通嘉は正妻ひと筋に過ごしており、

「森藩は、貧乏藩、城なし大名じゃぞ。側室などいらぬ」

と公言してきた。だが、江戸に出たい一心の采女は親の反対を押し切るにはと、初心《うぶ》な通嘉を誑《たぶら》かして江戸への参勤上番につかず離れず同行してきたのだ。

商人の娘を参勤交代に同道させた事実が幕府に知られれば森藩取潰し、通嘉切腹の命が下ってもおかしくない。そんな所業とこたびの森藩同行が同じというのだ。

「殿の意に従うのは愚かとは思うていたが、そこまでとは」

と憮然として洩らした。その言葉に小籐次らしいいつもの潔さはなかった。

「赤目様、重臣方は、己が殿の信頼に足りずということを察しておられませぬ。重臣のなかにひとりでも忠勤の士がおられれば、赤目様父子を頼りにするなど、かような事態は起こらなかったのです」

池端の苦渋に満ちた言葉に小籐次は黙り込んだ。

「駿太郎には、われら父子、森藩の玖珠《くす》郡を見にいくのじゃと言い聞かせて宇治川まできたものの、わしらは森藩家臣にとって、ただの邪魔者であったか」

「赤目様、それは違います。家臣の大半の者は、赤目様が今も森藩と付き合うて、殿と親しくして頂くことを嬉しくも自慢にも思っております。この者たちは、摂津大坂から赤目様父子が森藩に同道することを歓迎致すでしょう、それは間違いございません。また殿の勝手な願いを快くお聞き入れくだされた赤目小籐次様のお気持を、この池端恭之助は承知しております」

と池端が言い切った。

「ふーっ」

と息を吐いた小籐次が手にしていた朱塗りの盃を膳に置いた。

「赤目様、殿がなにかに悩んでおられるのは、家臣の幾人かは承知です。されど、殿が悩みを相談された家臣は、それがしを含めておられますまい」

「わしはどうすればよいのだ、池端どの」

「殿は、大坂から瀬戸内の船旅の間に、赤目様に悩みごとを相談なさるお心算《つもり》かとそれがし拝察しております」

「厄介《やっかい》じゃな」

「はい。厄介極まりのうございます。されど殿の周りで頼りになるのは赤目小籐

「わしは駿太郎まで伴い、海から山に封土替えさせられた久留島家の森城下を見せたい、わしも見たいと思うてきたが、さような呑気《のんき》なことではなさそうな」

「いえ、赤目様、われらが一万二千五百石の城もなき領地を楽しんで下さいまし。それが家臣大半の願いかと存じます」

「下屋敷の下士、厩番であったわしを玖珠は受け入れてくれるというか」

玖珠は豊後国の広大な地域だ。森の領地は玖珠の一部にしか過ぎぬ。

「間違いございません。山河は美しく古《いにしえ》の玖珠城址をぜひ見てほしいと殿は考えておられるはずです」

と言った池端が徳利を小籐次に差し出し、ふと気付いたように酒を注ぐ動きを止めた。

小籐次は膳に置いた盃を取り上げ、残った酒を喉に落とした。

苦い酒だった。

「赤目様、それがしがひとつ思いついたことがございます。それが殿の悩みとは言い切れませんが」

「なんだな」

「赤目様は、殿が城中詰めの間にて、城なし大名よ、と四大名方に蔑《さげす》まれた話を聞いて、四家の御鑓先を次々に切り落とし、殿のうっ憤《ぷん》を晴らされましたな。そのことこたびの赤目様父子森藩行きは関わりがあるのではありませんか」

「どういうことか。わしが愚行を働いたのは駿太郎がわが子になる以前、昔の話じゃぞ」

「はい、いかにもさようです」

「話してみよ」

「曖昧《あいまい》な話です。赤目様に話しながら、それがしの思い付きを確かめます。酒を飲みながら聞いて下され」

池端が徳利の酒を小籐次の盃に注いだ。そして、自分の盃にも注いだ。

「玖珠では、文政四年と申しますから、いまから六年前より城下三島宮《みしまぐう》の修復を始め、ただ今も普請は続いております。

この修復には莫大な費《つい》えと労力を要し、この費えのために藩札を発行し、百姓を使役しております」

小籐次が全く知らぬことを池端が告げて、喉を潤すように酒を飲んだ。

三島宮の修復がどう「御鑓拝借」の騒ぎと関わりがあるのか、小籐次にはさっぱり見当もつかなかった。

　小籐次は黙って注がれた酒を口に含んだ。

「こたびの参勤交代に赤目様父子を同道する曰くの一つかと思いつきました」

「殿は、わしに三島宮修復を見せようというのか」

「はい」

「それがわしの愚行と関わりがあるというのか」

「愚行ではございません。天下に赤目小籐次の忠義と武名を知らしめた功《いさお》しです。殿は赤目様の『御鑓拝借』に応えるべく三島宮修復を始められたのではございませんか。赤目様、玖珠に参り、三島宮修復をとくとご覧くだされ」

と言った。

　小籐次は池端の思い付きを思案したが、

「三島宮の修復とわしの昔の行いが関わりあるとは到底思えんがのう」

と首を捻《ひね》った。

「赤目様は『御鑓拝借』騒ぎにて天下の衆にその名を知らしめましたな、同時に森藩久留島家が貧乏大名、城なし大名であることも世間は知ることになりました」

「なに、わしの振舞いによって森藩が貧乏大名、城なし大名とさらに広まったと、そなたはいうか」

「赤目様には聞き入れられない話かもしれませんが、あの騒ぎにて森藩の貧乏が満天下に周知されたのも確かではございます」

「なんと」

小籐次は絶句した。

「されど貧乏大名、城なし大名は『御鑓拝借』騒ぎによって世間に知れ渡ったのではございません。村上水軍の一家《いっけ》、来島一族は海から豊後の内陸に追いやられたとき、水軍としての矜持《きょうじ》を失い、海から得られた富を失いました。その折から、つまり何百年以前から来島改め久留島一族は、貧乏大名、城なし大名であったのです。かようなことを来島一族の末裔たる赤目小籐次様に縷々《るる》説明する要はございますまい」

と池端恭之助が言い、しばし言葉を止めた。

小籐次は近習頭の話がどちらに向かうか見当もつかなかった。

ふたりは手にしていたそれぞれの盃の酒を舐《な》めるように飲んだ。

駿太郎と与野吉のふたりは、すでに弁当を食しおえて宇治川の岸辺を眺めていた。なんとなくだが、小籐次は天気が変わったようだと感じた。だが、池端の話に注意を戻した。

「赤目様、久留島家八代藩主通嘉様をどのような大名と思われますか」

と間をおいて考えを整理していた池端が話柄を不意に変えた。

「殿がどのような大名かと改めて問われるか。ううーん」

と唸った小籐次は、

「大名は一万石以上が公儀の決まりゆえ、森藩一万二千五百石はまあようよう高《たか》を満たしておる大名一家じゃな。ゆえに城中におかれても、正直申せば影薄き大名のお一人ではなかろうか。また若い女子《おなご》の采女を参勤上番に従えたこともあって、奥方様にも頭が上がらぬな」

小籐次の言葉に池端が頷き、

「赤目様のそのような捉え方が、誰にとっても江戸在府の藩主久留島通嘉様でございましょうな」

「違うのかな」

と小籐次が反問した。

「赤目様、明後日から大坂を発って森藩の飛地、辻間《つじま》村頭成《かしらなり》まで海路およそ十数日の瀬戸内の船旅が始まります。この船旅のあいだに赤目様は、これまで感じておられた殿とは違った一面をご覧になろうかと存じます」

池端の予想もしない言葉に小籐次は言葉を失い黙していた。

近習頭池端恭之助は迂遠な説明に終始していた。

当然であろう、藩主の為人《ひととなり》を家臣が説明するのだ。容易いことではあるまいと小籐次は思った。そして、気付いた。

(池端恭之助は、分家久留島通方《みちかた》の血筋であったな)

久留島家三代の通清《みちきよ》は、弟の通貞に一千石、通迥《みちとう》に五百石を分与し、森藩は一万二千五百石になった。池端の先祖は、通清の別の弟で、若くして亡くなった通方の縁戚であったと小籐次は聞いていた。そんな池端が本藩の近習頭として勤めるのは容易なことではあるまいと、小籐次は推量した。

「相分かった。わしが知る殿とそなたが申す久留島通嘉様がどう違っておるか、わしの目で拝見いたそうか」

と応じた小籐次だが、通嘉の人柄が違おうとどうしようと、これまでどおりの付き合い方しか、

(わしにはできん)

と思った。

「池端どの、わしが知るべきことは他にあろうか」

「もうひとつ、ございます。そのことがあるゆえ殿は、それがしに伏見の京橋浜まで赤目様の出迎えを命じられたのでございます」

「なんじゃな、聞いておこうか」

「それがし、最前から森藩城下についてさかしら顔に説明を申し上げましたが、江戸藩邸定府のそれがし、五年前にたった一度だけ国許に戻りましたが山だらけの分家に滞在しておりましたで、とくと森城下を知りませぬ」

「なんと申した。そなた、われら親子同様に森藩の領地をあまり知らぬというか」

「はい、存じませぬ。こたびの帰国を殿に命じられまして以来、国許に詳しい藩士に改めて教えを乞いましてございます」

　小籐次はいよいよ奇妙な感じをもった。

「さらにあれにおる池端家の中間与野吉に命じて、国許に一月ほど滞在させましてございます。森城下に着いた折、与野吉に道案内をさせまする。むろん、与野吉の森藩下向は、殿にお許しを得てのことです」

「なぜさような密偵のごとき真似をそなたの中間に命じたな」

「それがし、森藩城下の近況を知らぬゆえ、戸惑わぬようにと思いました」

「曰くはそれだけか」

小籐次の問いに池端は間を置いた。これまで池端恭之助との問答でかように互いが気遣いをすることがあったろうか、と小籐次は考えた。

（いや、一度としてなかったな）

「森藩の陣屋を国家老嶋内主石《しまうちしゅせき》様が掌握しておられますそうな」

と池端が言い切った。その語調を異に感じた小籐次は質した。

「一派を成しておると申すか」

「はい、国許の家臣の大半は嶋内国家老様の息がかかった面々にございますそうな」

「そなたは久留島家分家の縁戚であり、かつ江戸定府の家系じゃったな。嶋内一派とは敵対する間柄か」

「それがし、なんとも申し上げられませぬ」

「わしの立場はどうなるな」

「そのこともあって、それがし、淀川を往来しております。赤目小籐次様は飽くまで殿の招きで、またそれがしの剣術の師匠として、子息の駿太郎さんともども森城下や領地の見物に参られたとして押しとおすのがよかろうかと思います」

「なんとも頭の痛い森藩訪いよのう」

「申し訳ございません」

と池端恭之助が詫びた。

屋根船の舳先《へさき》では、駿太郎と与野吉が夜風にあたりながら、両岸の光景を眺めていた。

いよいよ天気は下り坂になり、強い風が吹き始めていた。

「駿太郎さん、そろそろ枚方《ひらかた》なる土地に差し掛かります」

「もはや夜ですよ、枚方になんぞありますか」

「くらわんか舟が姿を見せるはずです」

与野吉は、主の池端恭之助の命で森藩の国許に出かけた半年前、この淀川三十石船に乗っていた。

「くらわんか舟とは、売り子が『餅くらわんか』、『ごんぼ汁くらわんか』と叫びながら乗合船に横付けして食い物やら酒を売る名物の小舟です。こたびは屋根船ゆえ、寄ってこないかもしれませんね」

と与野吉が言ったとき、

「おう、屋根船の兄さん方よ。餅くらわんか、ごんぼ汁くらわんか」

と怒鳴りながら小舟が寄せてきた。

駿太郎が屋根の下で深刻な表情で問答する小籐次と池端を見て、

「父上、池端さん、酒の菜がわりにごんぼ汁を食しませんか」

と声をかけると、

「ごんぼ汁とな、頭痛にごんぼ汁が効くかのう。そなたらもなんぞ頼め」

と小籐次が応じた。

「船頭さん、父上がごんぼ汁を食したいそうです。船頭衆もどうですか。人数分、頼みませんか」

駿太郎が屋根船の船頭に願ってくらわんか舟を横付けさせた。

「それがし、餅が食べてみたいです。与野吉さん、どうですか」

と問うと夕餉の弁当を食し終えていた与野吉も食べることになった。そこで屋根船の人数分、餅やごんぼ汁を頼んだ。

「八人前の食い物代、いくらかな」

と与野吉が財布を取り出すと、あっさりと船頭衆の分まで頼んだ客ににやりと笑ったくらわんか舟の売り子が値を告げようとした。

「おう、おまえら、値段次第では、褌姿で流れに浮くことになるで。覚悟して値をいわんかい」

と屋根船の主船頭勇次が売り子に言い放った。

「おい、大伏見の船頭さんよ、西国筋の大名の関わりの客か。わてらは大名なんぞ毎日面を突き合わしているんや。そんなんで驚くかいな」

「おお、言うたな。ほしたら、障子を開けてみ」

「よっしゃ」

とくらわんか舟の売り子の一人が障子を開けると、四斗樽を据えて酒を飲む小籐次と池端がいた。

「なんや、年寄りじい様と侍が四斗樽で宴か。ごんぼ汁は一杯、百文やけどええか、じい様」

「ほう、ごんぼ汁、百文な」

「安いやろが、どないや、じい様」

と応じるくらわんか舟の売り子に、

「枚方の加十よ、じい様の名を聞いてから値をいわんかいな」

「名を聞いたら百文が倍の二百文になるけどええか」

「おお、聞け聞け、加十」

屋根船の主船頭勇次の笑い顔に加十が思わず質した。

「じい様、名はなんや」

「わしか、赤目小籐次じゃがな」

「どこぞで聞いた名やな」

「巷では酔いどれ小籐次とも呼ばれておるわ。なんぞわしの名に注文があるかのう」

と小籐次が応じるところに駿太郎が、

「くらわんか舟の売り子どの、ごんぼ汁六人前に餅をふたり前下さい。お代はいくらです」

と改めて大声で質した。

「加十、その若侍の名も聞かんか。そのうえで値をいわんかい」

「だれや、この背高のっぽは」

「それがしですか、赤目駿太郎です」

「まさか、あのじい様と関わりあるんか」

「はい、父上です」

「もしかしておまえさんら、『御鑓拝借』の酔いどれ小籐次と倅か」

「はい、いかにもさようです。で、お代は」

しばし黙っていた加十が、

「いらんわ。淀川の流れにわいの褌姿が浮かぶのはかなわん。それより天下の酔いどれ様、わしにその伏見の上酒、ごっそしてくれへんか。ごんぼ汁でも、餅でも好きなだけ食いさらせ。今晩は、酔いどれ小籐次と飲み合いや」

と叫んだ。

「おお、いい考えじゃな、加十」

と小籐次が応じて、

「よっしゃよっしゃ、明日からくらわんか舟の加十は、酔いどれ小籐次様と義兄弟になったと評判になるな。大伏見の船頭さんよ、この話広めてくれへんか」

というと褌姿の加十が屋根船に乗り込んできた。

小籐次は最前からの池端恭之助とのややこしい問答を忘れることにして、朱塗りの盃をくらわんか舟の売り子に差し出した。

三

駿太郎は、夜半、屋根船が止まっていることに気付いた。夜を徹して大坂へと下ると聞いていたが、

(どうしたことだろう)

と思ったとき、父の鼾《いびき》と重なって障子を叩く雨と風を感じた。

風雨のために停船しているのだ。

船頭衆が作業している物音を聞いた駿太郎は、夜具の綿入れを剝ぐと、そっ、と起きた。

父はくらわんか舟の売り子といっしょにたっぷりと酒を飲み、ぐっすりと眠り込んでいた。むろんくらわんか舟の加十の姿はなかった。

枕元においていた大小と木刀のうち、木刀だけを手に屋根船の艫に出た。すると船頭衆が風雨の吹きつける左舷側に雨戸を嵌《は》めていた。

周りには苫屋根の三十石船が無数止まっていた。どの船も雨を少しでも防ごうと船頭たちが雨に打たれて慌てて作業をしていた。

激しい風雨は船頭衆も予想しなかったようで、停船を余儀なくされていた。

「駿太郎さん、上りの折、船頭衆が綱で引き上げる曳き場の一つに止まっているそうです。風が強いので船を下らせるのは危ないそうで、しばらくこの曳き場で様子を見るようです」

と船頭衆を手伝っていた与野吉が告げた。

蓑《みの》と笠の雨仕度のせいで、最初駿太郎は与野吉とわからなかった。

「与野吉さんでしたか。雨風は致し方ありませんね、しばしばかようなことがあるのでしょうか」

と問う駿太郎にこちらも蓑と菅笠に身を固めた主船頭の勇次が、

「野分の季節、秋口には時折ありますねん、せやけど今晩は予想もしませんでした。まあ、風雨には勝てまへんから、しばらく様子見です。うちは檜皮葺きの屋根船やから、雨が屋形に降りこみまへんしな。雨音を子守歌がわりに寝直しなはれ」

と言った。

周りの三十石船は、真ん中に柱を立てただけのざっかけない簡易な苫屋根だ。出入口からも風雨が入り込んでいた。苦労は屋根船とは比べものにならないだろうと駿太郎は、苫屋根の乗合客と船頭が気の毒に思えた。

「与野吉さん、手伝うてくれはって、えらいおおきに。おまえさんも屋根の下に戻りなはれ、わしらはこれが仕事、慣れとるさかいに」

と勇次が客のひとりでもある与野吉に言った。

「駿太郎さん、船頭衆の言葉に従いましょうか」

「われらが手伝うというても、却って邪魔になるようですね」

駿太郎と与野吉は言い合った。

幅の狭い軒下で与野吉は蓑と笠をとった。駿太郎は軒下に立っていたのでさほど濡れてはいなかった。それでもふたりは手拭いを出して雨に濡れた体を拭って屋形に戻った。

舳先側に寝ていた池端恭之助が、熟睡している小籐次の傍らをぬけて、台座が安定した有明行灯《あんどん》を手にふたりのところに中腰でやってきた。

「嵐じゃとな」

江戸育ちの池端の言葉には不安があった。

「父だけが眠り込んでおりますね」

「くらわんか舟の売り子とだいぶ聞《きこ》し召したようですから。まあ、それがしの話がご不快であったようですから致し方ありません」

池端が険しい顔で言った。

「与野吉、風雨は容易く治まりそうにもないか」

「主船頭は、予想外の荒れ模様で、様子見というております。こりゃ、赤目様のように寝るのが賢いようです」

「そうか」

と応じた池端に駿太郎が、

「この屋根船の周りでは無数の三十石船が舫い綱を頑丈に岸辺に縛る作業をしていますよ。苫屋根の下の客人方は雨に打たれて大変でしょう」

と言い、

「寝るどころではありませんね」

と与野吉も言葉を添え、

「そうか、赤目様親子は初めての淀川三十石船に、曳き場の岸辺に舫われて一夜を過ごすことになりそうか」

と池端が答えた。

そのとき、一段と風雨が激しくなったか、雨戸を叩く音がひどくなった。屋根船も大きく揺れていた。

　淀川は浅瀬が多く、大雨で増水するのは容易かった。

「瀬戸内の海でかような風雨に遭うのと、淀川下りで見舞われるのとどちらが大変でしょうかな」

　との池端の声音も心配げだ。

「池端様、この船は岸辺の杭や桜の木に舳先と艫を二重三重に舫っております。なんぞ起こることはございますまい。船頭衆の言葉に従い、寝直しましょうか」

「そうじゃな」

　行灯を船の床に置いた池端が舳先に戻ろうとはせず、その場に座り直した。

「駿太郎さんは舟には慣れておりますからね」

「舟といっても川舟、研《と》ぎ舟蛙丸《ぶねかわずまる》ですよ。殿様が参勤交代の折にお使いになる、かように立派な屋根船ではありませんからね。ましてや瀬戸内の海を往来する船は想像もできません。そうだ、森藩は、船をお持ちですか」

「それがしも久しぶりの国入りです。大坂の沖合に泊る御座船三島丸をちらりと見ました。遠目にはなかなか立派な帆船に見えましたぞ」

　と答えながらも池端は、

「正直申しますと、それがし、船は望外川荘《ぼうがいせんそう》との往復ていどしか乗ったことがございません。何年も前の大坂から森藩飛地の辻間村頭成までの十数日の船旅がどうであったか覚えておりません。おそらく船酔いをしていたと思います」

と頼りない告白をした。

「池端様、船酔いを心配しておられますか。瀬戸内は内海ですよね、外海の荒波はありますまい。そのうえ、御座船三島丸はそれなりに大きな船と申されましたね。上甲板が広々としておれば剣術の稽古をしていきましょう、船酔いなんて忘れますよ」

「えっ、船上で打合い稽古ですか。うう一ん、剣術の稽古をしたら、船酔いがいっそうひどくなりませんか」

池端はいよいよ案じた。

「いえ、大丈夫です。それがしが池端様の船酔いを忘れさせてみせます」

と駿太郎が言い切ったとき、

「おまえら、なにしよんねん」

という船頭のひとりと思しき叫び声が風雨のなか、切れ切れに聞こえた。

「なんでしょう」

駿太郎が池端恭之助の顔を見た。

「まさか」

と洩らした顔が最前とは違った険しさを漂わせていた。

駿太郎は木刀を手に屋形から艫へと飛び出した。

岸辺に六、七人の浪々の剣術家と思しき面々がいて、

「この屋根船、森藩の傭船《やといぶね》じゃな」

と頭分と思える薙刀《なぎなた》を手にした力者《りきしや》が尋ねた。

この者だけが、なんと投頭巾兜《なげずきんかぶと》をかぶり、立烏帽子《たてえぼし》素襖《すおう》小袴《こばかま》姿だった。

「それがなんやねん」

屋根船の主船頭の勇次が答えると、

「きれいさっぱり焼き払ってくれん。用意した油桶を屋根船に投げ込め。そなたらの弔いをして遣わす。じゃが、金子《きんす》と金目のものを差し出せば助けんこともない」

と薙刀の頭分が配下の面々に身振りを交えて命じた。

「無体は許さぬ」

と叫んだ駿太郎が投げられた油入りの木桶を木刀で水中に叩き落とした。

「うむ、邪魔だてしおるか、こやつに火矢を射かけよ、焼き殺せ」

と頭分が叫んだ。

「船頭衆、船の床にへばりついていなされ」

と命じた駿太郎が木刀を構えた途端、火矢が飛んできた。風雨のなか飛来した火矢は勢いを失っていた。

駿太郎は構えていた木刀で火矢を叩いて弾き返した。

「来島水軍流、正剣四手波頭、火矢叩き」

と叫んだ駿太郎は、

「船頭どの、棹、お借りしますぞ」

と断わって近くにあった竹棹を左手に握り、右手に木刀を構えて屋根船から岸辺に飛んだ。

「こやつを叩き斬れ。相手は若造ひとりではないか、斬れ、斬れ」

と薙刀の頭分が大声で命じた。

駿太郎が濡れた岸辺にごろりと転がった。

一統が刀を振りかざして駿太郎に襲いかかったとき、

「とくと聞け。この若武者が何者か、承知で斬りかかるつもりか。天下の武芸者酔いどれ小籐次こと赤目小籐次様の一子、赤目駿太郎どのじゃぞ。将軍家斉《いえなり》様より拝領した備前古一文字則宗の持ち主と戦う覚悟がありやなしや」

と叫んだのは池端恭之助だ。

最前の驚きの表情は消えていた。どこか覚悟した潔さが感じられた。

「なに、何者じゃと」

投頭巾兜の主が薙刀の鞘《さや》を払い、

「赤目小籐次の倅が淀川くんだりにおるとは思えん。酔いどれ小籐次の縄張りは江戸であろうが。この若造は贋者に決まっておるわ。わしが自慢の薙刀で仕留めてみせる」

と喚《わめ》いたとき、屋根船の障子戸が開き、

「気持ちよう寝ておる者には迷惑至極、そのほう何者か」

と小籐次が寝起きの顔を突き出し、

「ほうほう、雨が降っておるか。そなた、この風雨にまぎれて火をあおり赤目小籐次を焼き殺そうと企てたか」

と言い放った。

薙刀の武芸者は、不意に現れた爺に、

「まさか、本当に酔いどれ小籐次ではあるまいな」

と問うていた。

「世間でそう呼ばれんこともないわ。ときにおぬし、何者か」

と反問した。

投頭巾兜を被った力者が、

「禁裏同朋衆如月右京成宗《きんりどうぼうしゅうきさらぎうきょうなりむね》じゃぞ」

とご大層にも叫んだ。

「ほうほう、禁裏同朋衆な、大した名乗りじゃな、本名ではあるまい。親につけられた名はただの末吉とか、留七ではないか」

「爺、なにかとうるさいわ。そのほうが真《まこと》の酔いどれ小籐次なれば、この場に参り、それがしの相手をせよ」

と如月右京成宗が喚いた。

「年寄りが夜間に雨にあたるのはのう、体が冷えようぞ。薙刀担ぎどの、わしの代わりにな、わが倅がそなたの相手を務めよう」

駿太郎は小籐次と如月右京との問答の間、地面に片膝を突き、右手の木刀を河原に突き立て、竹棹を構えていた。

松明の灯りに駿太郎の姿が浮かんだ。

「そのほう、歳はいくつになるや」

「元服をこの正月十一日に済ませた十四歳にござる、薙刀担ぎどの」

「おのれ、薙刀担ぎと蔑んで呼びおるか」

と憤怒の体の如月右京が、

「美濃部信三、若松助五郎、こやつ、世間を甘くみておるわ。十四歳にしっかりと剣術を教えて遣わせ」

と己の配下に命じた。

ふたりは松明を仲間に渡し、美濃部は手槍を構え、若松は腰の一剣を抜いた。

駿太郎が風雨のなか、ゆっくりと立ち上がった。

六尺余の長身は若竹のようにすらりとしていたがその五体は鍛え上げられていた。

竹棹を軽く構えた駿太郎が美濃部に突きつけ、

「ご両者、いつなりともお出でなされ」

と落ち着いた声音で命じた。

「若造が」

と美濃部が手槍を構え直すと同時に若松はすでに抜いていた刀を脇構えに置いた。

両者とも修羅場の経験は豊富か、慣れた戦い方と駿太郎には思えた。

駿太郎が左小脇に構えた竹棹を引いた。

その瞬間を狙って美濃部が踏み込み様に手槍を鋭く突き出した。

だが、駿太郎の竹棹が松明の灯りのなかで雨を衝いて、その先が美濃部の喉元に食い込み、対戦者は立ち竦んだ。

同時に若松の脇構えが駿太郎を襲ったが、駿太郎が右の傍らの地面に突き立てた木刀が躍り上がって、襲いくる真剣を叩くと同時に腰を強《した》かに打っていた。

一瞬の勝負だ。

「嗚呼《ああ》」

と如月右京が思わず悲鳴を上げた。

「どうなさいますな、薙刀担ぎどの」

「この場は見逃して遣わす」

と叫び返した如月に、

「配下のふたりをお連れください」

と駿太郎が許した。

四半刻（三十分）後、駿太郎は屋根船の船頭衆に借りた乾いた衣服に着換えて屋根船の屋形に座していた。

傍らでは小籐次と池端恭之助が気難しい顔で対面していた。

最前から池端は如月右京一統の正体を考えていた。

「赤目様、あの者たち、それがしを狙った者どものようです」

「如月右京とやらに覚えはあるのか」

「いえ、あやつらは金子で雇われた不埒《ふらち》な者どもでしょう。背後には」

「豊後森藩の何者かが控えておるというか」

「はい、金子を狙った体の一統の背後に国家老どの率いる一派が控えておるのではないかと推量はしておりました。されど、あの者たちの言動を考えると国家老一派は、赤目小籐次様と駿太郎さんが参勤交代に同行するなど知らなかったか、あるいは承知していても、如月右京一統におふたりが同道していることを知らせていなかったかのどちらかでしょう」

「国家老一派は、わしらの力を知りたくて如月どもを雇ったというか。返す返すもなんとも厄介な森藩行きになったものよ」

「申し訳ございません」

池端恭之助が応じて、

「そなた、あやつらが雨のなか松明を翳《かざ》して船頭衆を脅した折、すでに森藩の何者かに頼まれた面々と察していたのではないか」

「は、はい、およそは」

と池端が応じて、

「江戸定府のそれがしには、全く国家老嶋内主石どのが率いる一派の考えが理解できませぬ。愚かにもほどがある」

と言い放った。

雨は未だ降り続き、風も弱まる様子はなかった。

三十石船のなかには、苫屋根に桐油《とうゆ》を塗布した油紙を掛けて風雨を防いでいる用意のいい乗合船も見えた。が、大半の三十石船の乗合客は一睡もできずに風雨が治まるのを待っているのだろうと、駿太郎は想像した。

乾いた衣服に着換えたせいか、睡魔が襲ってきた。

「この風雨、直ぐには治まりそうにありませんね、父上」

「大坂にはひと夜で着くと聞いておったが無理じゃのう」

「ならば、それがし、寝てようございますか」

「おお、皆で起きて森藩の内情をあれこれ推論してもなんの役にも立つまい。われら、なんとも贅沢なことに屋根船に乗せてもらったせいで、風雨は避けられておる。休める折は体を休めておけ」

と小籐次が言い、

「駿太郎さんは、十分働かれたのです。われらは起きて、風雨の止むのを待っておりますでな」

と池端も言った。

四斗樽が鎮座する胴ノ間から離れた舳先側の寝床に体を潜りこませると、船頭衆も与野吉も艫側の屋根の下で控えているのが駿太郎には分かった。

「赤目様、なんとも奇妙な旅の始まりにございますな」

「わしが望んだことではないぞ」

「それはもう分かっております」

父と池端の間にまた繰り返しの問答が始まった。

「殿は大坂でわれらが来るのを待っておられるのだな」

「はい、この風雨、淀川だけではございますまい。上方一帯に見舞っておりましょう」

「大坂には森藩の屋敷があるか」

「はい、森藩の物品を売ったり、参勤交代の折に一行が宿泊したりする蔵屋敷がございます。高々一万二千五百石の森藩にございますが、国許、大坂の蔵屋敷、そして江戸藩邸と費えがかかるようになっておりますな」

「それが公儀の狙いであろう。とは申せ、一万少々の石高ではお上に盾突くなんぞ考えも浮かぶまいがな」

駿太郎は、父と池端恭之助の話を聞きながら、いつしか眠りに落ちようとしていた。眠りに就く前、

(三河の三枝家の所領に居る母上はどうしておられようか)

と思った。

きっと薫子《かおるこ》姫となかよく俳諧などに興じておられようと思ったとき、駿太郎は眠りに落ちていた。

駿太郎が二度目の眠りに就いたころから淀川は増水を始めていた。季節外れの野分のような風雨のせいだ。

四

江戸は晴天が続いていた。

芝口橋の紙問屋久慈屋《くじや》の店先には研ぎ場がふたつ設けられ、赤目小籐次と駿太郎の研ぎ姿の紙人形が置かれてあった。赤目親子が江戸を留守にしている折など、紙人形が看板代わりを勤めているのだ。

ときに小籐次と駿太郎の動静を知らない裏長屋のおかみさんが錆びくれた出刃包丁を研ぎに出そうと持参する。

「あら、酔いどれ様親子は留守かえ」

「そうなんです。旧藩の豊後森を訪ねておられますから三月《みつき》から四月《よつき》は留守なんですよ」

「えっ、一日二日は待てるけどね、困ったねえ」

「私が研がせてもらいます」

「紙問屋の番頭さんがかえ」

「ええ、旅に出る前に、かような場合があると考えまして、赤目様と駿太郎さんから研ぎの基を習いましたからなんとか」

「なんとかの研ぎ代はいくらだえ」

「無料《ただ》ですよ、おかみさん」

「頼んだ」

と叫んでかなり使い込んだ出刃包丁を差し出した。

店仕事が閑《ひま》の折は、見習番頭の国三《くにぞう》がその旨断わって、研ぎをなした。

今朝もそうして出刃と菜切包丁の一丁ずつを研ぎ終えた国三の前に読売屋の空《そら》蔵《ぞう》が立った。

「番頭さんが研ぎ仕事しているようじゃ、世は事もなしか」

「はい、穏やかな一日の始まりです、空蔵さん」

「穏やかがな、一番読売屋にとって困るんだよ、騒ぎはめしのタネだからね」

「芝口橋界隈に騒ぎはありません。そうだ、新兵衛《しんべえ》長屋の庭先で猫が子を何匹も産んだとお麻さんが困っておいでしたよ」

「猫が子を産むな、猫が犬の子を産むならばめしのタネだ。だがよ、猫が猫の子を産むのは当たり前じゃねえか、それじゃ読売は売れないよ。こちらの店子《たなこ》の勝《かつ》五郎《ごろう》さんだってよ、読売が出ないんじゃ三度三度のおまんまが食べられないぞ」

新兵衛長屋は久慈屋の家作の一軒だった。

空蔵はそう宣《のたま》ったが国三は平然としたものだ。

「そこですよ、猫が猫の子を産んだ話を犬の子を産んだようにするのが、ほら蔵さんの知恵でしょうが」

「新米番頭め、弁だけは立つようになりやがったな。致しかたねえや、この界隈をぶらついてみるか」

と空蔵が親子の紙人形の前から立ち去りかけたとき、中間を供に連れた初老の武家が久慈屋の店先に立った。

「ほう、この紙人形はようできておるのう」

と感心してしげしげと見入った。

「お武家さん、この紙人形は久慈屋の看板なんだよ。ここにさ、本物の酔いどれ父子が座って研ぎ仕事をしていればよ、ひとつふたつ、小ネタになる騒ぎが飛び込んでくるのだがな」

「そなた、読売屋か」

「へえ、お武家さん、なんぞ読売のタネを知りませんかね」

「わしの腹が朝から渋っておるが、読売ネタにはなるまいな」

武家は腹をさすってみせた。

「じょ、冗談はなしにしてくんな。天下の読売屋のほら蔵でございますよ、お武家さんのしぶり腹を書けますかえ、一枚だって売れはしねえや。おりゃ、いくぜ」

「止めはせぬ」

武家が空蔵を見送った。

その様子を武家と細長い紙の筒を携《たずさ》えた中間が見送っているのに国三が声をかけた。

「お武家様、紙の御用ですか」

馴染み客ではない用人風の武家であった。

「当家は三河国田原藩一万二千石の譜代小名でな、久慈屋に出入りするほど内所が豊かではないでのう」

はっ、と国三が武家の言葉に反応した。

「三河の田原藩と申されますと、殿様は三宅《みやけ》様でございますよね、上屋敷は桜田堀でしたか。それも彦根の井伊《いい》様の御隣ではございませぬか」

「久慈屋は井伊様の屋敷に出入りがあるか。あちらは三十五万石の大藩じゃが、うちは同じ譜代でも細《ささ》やかな大名家じゃ」

と洩らした武家方に、

「もしやして田原藩は、旗本三枝家の所領の近くにございますか」

と国三が質した。

「ほう、そのほう、桜田堀どころか三河にも詳しいか。いかにも三枝家の所領とわが藩の領地とは接しておるわ」

「お武家様、三枝家との関わりでうちにお見えになられましたか」

「そのほう、久慈屋の番頭かな、なかなか勘がするどいな。最前は読売屋がいたでな、くだり腹の話なんぞを持ち出した。それがし、田原藩江戸屋敷の留守居役土肥右門《どいうもん》じゃが、久慈屋に宛てた書状と紙筒が当家の御用嚢《ぶくろ》のなかに同封されてあったでな、日和《ひより》もよし、散策代わりに芝口橋まで届けにおりてきたところじゃ」

と応じた。その言葉を聞いた大番頭の観右衛門《かんえもん》が、

「番頭さん、土肥様を店座敷に招じてくだされ」

と声をかけた。

「ならば暫時お邪魔しようか」

土肥が中間より紙筒を受け取り、国三に従った。

店座敷で土肥に応対したのは若い主の昌右衛門《まさえもん》と老練な観右衛門のふたりだ。

「土肥様、面倒をお掛けして申し訳ございません。私は久慈屋の大番頭の観右衛門でございます」

「私が久慈屋八代目の昌右衛門にございます」

とふたりがそれぞれ名乗った。

「おお、仕事の最中に恐縮よのう」

「とんでもございませぬ。田原家の御用嚢に預けられておりましたのは、赤目りょう様の文ではございませぬか」

と観右衛門が質した。

「おお、久慈屋は武家方とも商いがあるゆえ、所領地に詳しいのう、それがしの訪いの意など容易く察しおるか。いかにも赤目りょうなる女人が差出し人にて、受取り人は久慈屋昌右衛門である」

と言いながら襟元に差し込んでいた分厚い封書を取り出し、

「赤目りょうとは、赤目小籐次どのの奥方じゃな」

「いかにもさようにございます、土肥様」

と昌右衛門が笑みの顔で応じて、両手で丁重に受け取った。

「赤目りょうは歌人と聞いておる。実父は公儀の御歌学者であったな」

土肥は田原藩江戸藩邸に長年の定府と見えて、なかなか詳しかった。

「かような話はのう、最前、店頭で会った読売屋が書いたと思しき読み物で知った知識でな」

と苦笑いした土肥が、

「御用嚢には、いまひとつ品が入っておってな。殿直々の命で文と品を届けよとの書状が添えられてあった。三河では、三枝家と殿はどうやら親しい付き合いがあるようじゃな。それがしは初めて承知した」

と紙筒を差し出した。

「それは恐縮至極にございます」

と受け取った昌右衛門が、

「おりょう様の書状は、後ほどゆっくりと読ませて頂きます。ですが、この紙筒、ただ今開いてようございますか、土肥様」

「そのほうに宛てた品である、好きなように致せ。それにしても三河に久慈屋に届けるほど珍しきものがあったかのう」

と土肥留守居役が首を捻った。

「大番頭さん、帳場にて丁寧に開いてくだされ」

若い主の命に即座に観右衛門が席を立つと、店の帳場格子に紙筒を携えていった。

昌右衛門は客人の前より帳場のほうが中身を傷つけることなく披《ひら》くのにうってつけと思ったのだろう。それよりなにより紙筒の中身を昌右衛門も観右衛門も察していた。

店座敷におやえが茶菓を運んできた。

「御留守居役様、久慈屋にようお見えになりました」

と武家方の応対にも慣れたおやえが土肥に茶菓を供した。

「おお、突然の訪いに恐縮じゃな。わが藩も久慈屋から紙を取り寄せるような大大名なればよいがな。役付きにでもならんと、その儀は果たせまい」

土肥は屈託のない人柄で、久慈屋のような老舗《しにせ》の紙問屋の主夫婦との応対にも慣れていた。そこへ、

「旦那様、やはりおりょう様の絵にございましたぞ」

と観右衛門が紙筒から取り出した絵を携えて戻ってきた。

「土肥様、歌人の赤目りょう様は、近ごろ絵に凝っておられましてな、三河にも絵具一式を持参したと聞いております。うちの先代の隠居所が西久保通にございますが、隠居所に引き移って以来おりょう様に四季折々の絵を届けていただいております。いただいた絵を表装して床の間に飾るのを、隠居の五十六《いそろく》はなによりの楽しみにしておるのでございますよ。おりょう様はこたび三河の三枝家をお訪ねになるに際して、三河の景色を描くと言い残して行かれました。されどその絵をなんと田原藩の御用嚢に託されて重臣の土肥様自らお届け下さったとは感謝してもしきれません、お礼を申します」

と昌右衛門が土肥に経緯を説明し、頭を下げた。

「わが藩と直参旗本三枝家に付き合いがあったとは知らなかったぞ」

「こたび、赤目様父子、旧藩の久留島様の殿様に国許に招かれております。その途次に赤目一家が三枝家に立ち寄られました。赤目様父子は、三河には三、四日の滞在で豊後に向かわれたはずです。一方、おりょう様だけが三枝家のお姫様のもとに残られて、赤目様父子の帰りを待っておられると聞いております。どのような経緯か存じませんがおりょう様と薫子姫は、田原藩の殿様とお知り合いになられたのでございましょうね。文のみならず絵まで田原藩の御用嚢に入れて頂くとは、なんとも感謝のしようがございません。あまつさえ留守居役様に文遣いとは、大番頭さん、うちでもなんぞお礼を考えぬといけませんぞ」

　と昌右衛門が最後には大番頭に目配せした。

「旦那様、いささか思いつきましたゆえ番頭方に命じてございます」

　と観右衛門が応じて、紙筒に入っていた絵を主に差し出した。

　三種類の絵が店座敷の畳の上に並べられた。どれにも三河の海の景色が描かれていた。それらを見た土肥が、

「おお、これは三河の内海の景色ではないか。懐かしいぞ」

　と感嘆した。

「ほう、三宅の殿様のお国許はかような美しい海辺に城下がございますか」

「おお、三河の内海と対岸の伊勢の山並みが鮮やかに光に浮かんでおるわ。かような絵は見たこともないぞ」

　と土肥が何度も首肯《しゆこう》した。

　観右衛門も三河の景色に描かれた微細な海の波の光る様に感動した。

「旦那様、おやえ様、おりょう様は一段と絵の腕前を上げられたのではございませんか」

「いかにもさようですよ」

「おりょう様は間違いなく三河に滞在して海の様《さま》に感動されたのでしょうね」

と昌右衛門とおやえが言い合った。

これらは、三枝家の老楠に子次郎《こじろう》らが建てた小屋の上からおりょうが描いた光景であった。

「この海辺にわが領地があるわ。ふんふん、それがし、三河の領地を知らぬわけではないが、この絵はまた新鮮に感じるのはどういうことかのう」

「そこですよ、土肥様。私どもが、おりょう様が腕を上げられたと申すのは」

「ふんふん、三河が美しいと殊更に思うのはおりょうなる歌人の技量か」

「いえ、三河の海に魅惑されたゆえ、おりょう様のこの絵が生まれたのでしょう」

「そうか、そうであろうな」

土肥が改めて感激の言葉で応じた。

「久慈屋の隠居どのは幸せ者じゃのう。愛宕《あたご》権現の裏手に隠居所を設けて赤目りょうの絵を楽しみよるか」

「土肥様、私の父が、おりょう様の絵が好きなのには、別の曰くもございますので」

「ほう、内儀、どういうことかな」

「今年の元旦は穏やかな年明けにございましたな。おりょう様は松の向こうから初日が梅の花を照らしている絵を描かれました。そこへ赤目小籐次様が、『元旦やなにはなくとも　松に梅』と五七五を手ずから添えられました。それをうちの隠居は、掛け軸用に表装したのでございますよ」

「なんと天下の武人赤目小籐次が奥方の絵に俳句を詠んで添えるとな。それは天下広しといえども久慈屋の隠居所だけの贅沢じゃぞ」

「で、ございましょ」

　とおやえが満面の笑みで頷いた。

「されど、こたびの掛け軸はご隠居、赤目小籐次様の江戸帰りを待たねばなりますまいな」

　と観右衛門が言い、

「おやえ様、絵だけ掛け軸にしてあとで赤目様の五七五を入れる手もありますぞ」

「お父つぁんは、絵を見て悩みましょうね」

と主夫婦が言い合った。

「この話、田原の殿に申し上げてよいかのう」

「三宅の殿様はおりょう様が絵を描くことを承知でしょうか」

土肥の話に昌右衛門が応じた。

「さあてな」

とただ今の三河の事情を知らぬ四人が首を捻った。

昌右衛門はおりょうの文になんぞ認《したた》めてあることを推測していたが、子次郎も残る三河の様子を土肥右門の前で読むのを躊躇《ためら》っていた。だが、

「絵を送って頂いた殿様になんであれ、お話しなさるのは宜しいかと存じます」

「ならば久慈屋の面々が喜んだことをそれがしのほうから告げておこうか」

と土肥が店座敷で立ち上がった。

「土肥様、紙問屋の久慈屋が文遣いのお礼に細やかながら江戸藩邸でお使いになる紙を用意させてもらいました」

と観右衛門が言った。

「なに、文遣いに久慈屋の紙が頂戴できるか、なんともあり難きかな。貧乏大名にはなんとも嬉しい贈り物じゃぞ」

と礼を述べた土肥が店座敷から店先に戻った。すると広い店土間に、最前はなかった荷が山と積まれていた。

「ほうほう、久慈屋の紙を大量に使われるは神田明神か、それとも御三家筋かのう」

と多種類の紙束を見た。

観右衛門が首を横に振り、

「田原藩が御用でお使いになる紙は、私ども久慈屋の本家が漉《す》いた西ノ内紙を筆頭に多種類揃えてございます。これだけございますれば一年は大丈夫でございましょう。不足なればいつなりともお知らせくだされ」

と言った。

「大番頭どの、最近、それがし、耳が遠うてのう。そなた、なんと申したな。これ、文遣いの礼ではあるまいな」

「ご迷惑でしょうか、お運びするのは桜田堀の田原藩の江戸藩邸で宜しゅうございますな」

「な、なんということか。うちの紙蔵に紙がかように積まれていたことがあろうか」

「ならば、この程度ならば紙蔵に入りましょう」

　と応じた観右衛門が、

「番頭さん方、この荷を桜田堀の田原藩江戸藩邸の紙蔵にお納めなされ」

　と命じると、若手の番頭や手代たちがさっと作業に入った。

　そんな様子を茫然として見ていた土肥が、

「応じる言葉もないわ、大番頭どの」

「うちは紙だけは売るほどございますでな」

　と観右衛門がいい、

「よいのか、主どの」

「うちの大番頭が為すことに新米主が文句をつけられましょうや。それより赤目様が江戸にお戻りの折、うちにて酒を召し上がりませぬか。その折は、使いを立てますゆえ、お断わりなさらないで下され」

　と昌右衛門が答えた。

「久慈屋、武より商が力を得ているのを承知している心算じゃが、この行い、それがし、魂消《たまげ》たわ」

「土肥様、このご時世、うちが商いを出来るのは、ほれ、あの紙人形の主、赤目小籐次様がうちの後見方におられるからでございますよ」

「赤目小籐次は久慈屋の店先を借りる研ぎ屋と思うておったが、後見方か」

「はい。うちの屋台骨を支える看板にございます。そんな赤目様の奥方、おりょう様の文遣いをしてくださった土肥様を無体にできましょうか。これはお付き合いの始まりにございますでな」

と若い八代目の昌右衛門が言い切った。

土肥が久慈屋を辞去したあと、昌右衛門はおりょうの文を披いた。予測したように分厚い書状には、二通の文が同梱されていた。

一通は老中青山忠裕《ただやす》の密偵中田新八とおしんに宛てた赤目小籐次の直筆であり、もう一通の薄い文には、赤目小籐次と駿太郎が三河を去り、摂津大坂にて豊後森藩の参勤行列に落ち合うことがおりょうの筆跡で記されていた。同梱の絵について、小籐次の五七五については触れられてはいなかった。隠居の五十六は絵だけを表装させて床の間に飾り、小籐次が江戸に戻った折に五七五を詠むように願うだろうなと思った。

（たまにはおりょう様の絵だけもすっきりしてようございますな）

分厚い文を観右衛門に渡した昌右衛門は、店頭に下りて芝口橋を見た。

（旅人父子はどうしておられるか）
「旦那様、老中屋敷に出向いて参ります」
と大番頭の観右衛門が主に断った。
首肯した昌右衛門は、
（やはり老中の手を煩わせる御用に三枝家の所領で関わったか）
と思いながら橋の上の空を見上げた。
江戸の空はからりと澄み切って晴れていた。

第二章　季節外れの野分

一

淀川の岸辺。

すっきりと晴れ渡る江戸での出来事の半日前のことだ。

駿太郎と与野吉は、濡れねずみになりながら、岸辺に寄せた三十石船の苫船からよろよろと船板を伝う乗合客たちの手を引き、岸に上げる手伝いをしていた。

船板の下には濁流が轟々と音を立てて流れていた。

淀川の水面が夜半過ぎから急に上がった。

屋根船の主船頭、船問屋大伏見の勇次が近くに止まる乗合船に声をかけた。

「おーい、われは八軒家の衆やな。客を岸辺に上げんかいな、こりゃ、ほんまに野分のような嵐になるで」

「京橋の勇次さんかえ。われの屋根船はどないや」

「檜皮葺から雨漏りし始めたで。せやかて、うちの船の造りは頑丈や、まずは乗合船の客をいまのうちに陸にあげたりいや」

「雨風、止む気配はないな」

「この嵐はひと晩じゅう続くやろな。淀川がこれ以上増水したら、この風雨のなかやで、岸にも上がられへんようになるんと違うか」

「やるならいまやろな」

「ああ、いましかないわ。うちの船頭をふたり手助けにやるわ。まず船板を岸とわれの船に渡すで」

そのとき、点した松明を手にした淀川船の曳き手たちが岸辺に立った。曳家に待機していた人足たちだ。もはや躊躇《ちゅうちょ》している暇はなかった。

駿太郎と与野吉も屋根の下で船頭衆の問答を聞いて、

「父上、それがしと与野吉さん、船頭衆の手伝いに入ります」

「おお、そうしてくれるか」

小籐次はくらわんか舟の売り子と酒を飲んでよく眠ったせいか、はっきりとした声音でふたりの決断を支持した。

「父上、それがしの大小、この船に残していきます」

「そうせよ。この屋根船に大事が起きることはまずあるまい」

小籐次の判断に駿太郎はわずかに持物が入った道中嚢と備前古一文字則宗と脇差を父に預けた。

一方、与野吉も主の池端恭之助にその旨を告げた。

淀川で季節外れの野分に襲われるとは予想もしていなかった池端は、不安げな顔をしていたが、

「頼もう。それがしは赤目様とこの屋根船を守るでな」

と緊張の表情で言った。

船内の問答を聞いた主船頭の勇次が、

「お客さん、すんまへんな。乗合船の客は風雨にうたれてしんどそうや。それに年寄りや子どもも混じってはる。いまのうちに岸辺の曳家に上げたらんとえらいことになりそうや、わしらも手伝いに回るわ」

と告げ、

「うっとこの屋根船は並みの三十石船ちゃうからな、まず大丈夫や」

と言い添えた。

「よかろう。わしと池端恭之助どのとふたり、この船を守ろうぞ」

と小籐次が応じて、駿太郎と与野吉のふたりは菅笠に蓑をつけ船板を伝って岸辺に上がった。

曳き方衆や船頭衆は、乗合船の舫い綱を摑んで出来るかぎり岸辺に引き寄せ、河原の桜の木の根元に結んで固定した。そうしておいて陸から船へ船板を渡した。

駿太郎と与野吉は、岸辺に寄せた三十石船の乗合客に、

「お客人、女子ども年寄りから岸辺にお上がりくだされ。われらが手伝います」

「ほれ、荷は岸辺に投げなされ」

「子どもを渡しなされ」

と呼びかけながら船頭衆の差し出す子どもを駿太郎が受け取った。すでにひと晩じゅう苫屋根からの雨もりに打たれた子どもはぐったりしていた。

「なあ、お兄さん、その子をこっちに渡してんか」

曳家の奉公人か、女衆が駿太郎から子どもを受け取り、順々に手渡しで陸に、曳家に避難させていった。下りの三十石船が風雨のなか、激流に無数止まっていた、大仕事だ。

駿太郎たちが船板伝いに客を陸に上げようとしたが、恐怖から乗合船の船べりにしがみついて離れようとしない女衆や年寄りもいた。

駿太郎は動きが悪い蓑をぬぐと岸辺から船に飛び移って、

「岸に上がれば、屋根の下で火もありますよ。われらが手伝いますから岸に上がりましょう」

と声をかけていった。

「若い衆はここらの人と違うな」

「はい。江戸の人間です」

「江戸の人やて、あの屋根船の客かいな」

「さようです」

「あんたはんを信用して婆も岸に上がりますわ」

と答える老婆を駿太郎は背中に負ぶい、なんとか不安定な船板伝いに岸辺に上がると与野吉に渡した。

次から次に乗合客を岸辺に移す間にも淀川の水面が段々と上がっていく。

駿太郎は子どもを片手に抱きかかえ船板に片足をかけて与野吉の手に渡す合間に父と池端のいる屋根船を見た。すると池端が屋根船の舫い綱を結び直している姿が松明の灯りに見えた。

父はどうしておるかと見れば、船の檜皮葺きの屋根の上に座り込んで雨に打たれながら、

「そちらの船の衆、船の舫い綱を引っ張り、岸辺に寄せたほうがよかろうぞ」

とか、

「おい、そこの男衆、女衆を先に岸に移さぬか」

などと叫んで救難活動を指示していた。屋根船にじぃっとしているのに飽きた風情だ。

屋根船はなんとか無事に見えたが、檜皮葺きから雨漏りがするのであろう。小籐次も池端も屋根の下に控えているわけにはいかなくなったのかもしれない。

「父上、気をつけて下され。風が横手から吹き寄せますと、流れも激しいので、船が揺れますでな」

「おお、わしなれば命綱をつけておるで案じるな。そなたらももうひと息頑張るのじゃぞ」

駿太郎の声を聞いた小籐次がそちらを向いて叫び返した。

「父上、お歳を忘れておりませぬか」

駿太郎の声が届いたか、大頭に菅笠を被った小籐次が屋根の上に立ち上がり、

「酔いどれ小籐次、これしきの嵐に負けてなるものか。皆の衆、朝方までもうひと頑張り致しますぞ」

と叫んだ。

その声を屋根船の主船頭勇次が聞きつけ、

「天下の武人、酔いどれ小籐次様を見とくなはれや」

と風雨に抗して叫んだ。

何人かの乗合客が屋形の上に立つ小籐次の姿を見て、

「おお、『御鑓拝借』の赤目小籐次様がおられるぞ。よし、わしらも岸辺に上がり、船頭衆の手助けをするぞ」

と江戸からと思しき旅人が叫び返した。

「よし、ここは江戸っ子の肝っ玉を見せるときぞ、無事に大坂に着いた折は、摂津の女衆にもてようぞ」

「おお、酔いどれ様よ、船主に頼まれて金毘羅《こんぴら》様に代参の水夫《かこ》一行よ。金毘羅様は、淀川の三十石船にもご利益あるかね。海の荒波には慣れておるが、淀川でこの嵐とは考えもしなかったぜ」

「金毘羅様に代参の衆か。　金毘羅様は海だ川だと、区別はなさるまい。　まずは船を岸辺に寄せられよ」

と屋根船の上から小籐次が命じた。

「おおい、屋根船の上の爺様、おまえはんが天下に名高き酔いどれ小籐次様のほんまもんですのんか、贋者と違いますん」

京訛りの若い衆が小籐次に岸辺から叫んで問うた。

「赤目小籐次に贋者が現れたこともあるが、わしは生まれたときから、赤目小籐次じゃ、ときに酔いどれ小籐次と呼び捨てにされる年寄りよ」

「上方の衆よ、おれたちは江戸の内海に浮かぶ佃島に関わりのある水夫よ。あの屋根で大頭を振り立ててござるのが酔いどれ小籐次様に間違いないぞ」

江戸からの金毘羅様代参の若い衆が応じた。

「ほうほう、あのじい様がほんまもんの酔いどれ小籐次様でおますか、ほしたらこの程度の吹降り、あんじょう止めてもらえまへんか」

と叫ぶ者がいた。

「わしもそうしてあげたいがな、雨も風も天のさだめ、俗界の酔いどれ爺はなんとも力になれんぞ。わしと比べるのも愚かじゃが、金毘羅様のご加護に頼ったほうがよかろう、よほど効き目があろうぞ」

「酔いどれ様でもあかんのやて」

その間にも駿太郎らは、ともかく一艘ずつ岸辺に寄せて乗合船の客をひとりずつ岸辺に上げる作業をこなしていた。

「嗚呼ー」

と松明を手にした曳家の男衆のひとりが叫んだ。

「あれ見いや、三十石船が転覆して流れていくで」

松明の微《かす》かな灯りで川を指した。

「ありゃ、大坂の道頓堀の船宿の三十石船と違うか、わいらのあとに伏見を出た船やで」

小籐次も駿太郎も三十石船の平たい船底が激しい流れに揉まれながら下流へと向かう光景を見ていた。

そのとき、また一段と増水したのが分かった。

「赤目様、この船も大丈夫とはいえますまい」

池端恭之助が屋根の上の小籐次に話しかけた。

「乗合船の客は、まだ残っておるか」

「赤目様、半分ほどはまだ三十石船に残っておるように思えます」

池端恭之助の言葉どおりとすると、この岸辺にもそのうち、大波が押し寄せ、三十石船を、この屋根船をも転覆させかねないと小籐次は思った。

（どうしたものか）

「父上、主船頭の勇次さんが父上も池端様も陸に上がったほうがいいと申されておりますぞ。それがしも刀を取りに戻ります」

と駿太郎が岸辺から叫んだ。

（そうか、勇次どのもそのような判断をなしたか）

と小籐次は周りを見廻した。

松明の灯りに、岸辺付近の苫屋根が吹き飛んだ三十石船のあわれな姿と、激しい波に洗われて岸から離れた船に残る人々の恐怖の顔を小籐次は捉えた。

（ううーむ）

沈思した小籐次は、

「池端どの、岸に上がりなされ。駿太郎が船に戻るというで、いっしょに陸に上がられるがよい」

「は、はい」

と応じた池端が、

「赤目様はどうなされますか」

と屋根の上に立った小籐次に声をかけた。

「いささか考えたことがある。船を下りる前に四斗樽の酒を朱塗り大盃に注いでわしにくれぬか」

「この風雨のなか酒を飲《さ》まれますか。雨が盃に入って酒の味はしますまい」

「天の神様に捧げるのよ。神様なればこの風雨の混じった神酒《おみき》をお許し下さろう」

「はあ、風神様に神酒を捧げて風雨を弱めようと考えられましたか」

「まあ、そんなところかのう」

そんな小籐次と池端の問答を仕草で察した駿太郎と与野吉が手伝い、朱塗りの大盃に七分ほど注ぎ、船の屋根に鎮座した小籐次に渡した。その盃をなんとか受け取った小籐次が、

「風神様に伏見の酒を捧げ申す。

とくとご覧くだされ。

赤目小籐次の意をお察し下されたならば、

この嵐、お鎮め下され」

と風雨に向かって朗々とした声音で奏上すると、己の膝の上に大盃を預けて片手の指を酒につけ、荒れ狂う淀川の四方に、

「お鎮まりなされ」

と祈願しながら指先の酒を撒いた。

小籐次の様子を見た乗合客の男衆が、

「酔いどれ小籐次め、この嵐のなかで酒を飲む心算か、酒好きも並みじゃねえな」

「おお、天下の赤目はんの、あの仕草をみてみ。酒を神様に捧げて雨風を鎮めてもらう魂胆《こんたん》と違うやろか」

と言い合った。

小籐次は両手に大盃を捧げ持つと、屋根のうえに立ち上がり、天に向かって一礼し、残りの神酒に口をつけた。そして、ゆったりと盃を傾け始めた。

大嵐に激しく揺れる淀川三十石船の船べりに摑まった乗合客たちが無言で小籐次の行いを見詰めた。

ごくりごくり

と喉を鳴らして飲む音が激しい風雨にも関わらず見守る人々の耳に届いた。そして、朱塗りの盃が赤目小籐次の大顔を隠すように立てられた。

「みてみ、神酒の残りを飲みはったやないか」

「あの爺さん、ほんまもんの酔いどれ小籐次と違うか」

とまだ本物の小籐次と信じていなかった乗合客が言い合った。

顔を隠した盃が、ぱあっ、と除けられた。すると酔いどれ小籐次の慈顔が松明の灯りに現れた。

風雨が見舞う小籐次の大顔を神々しいと見たか、女衆のなかには合掌する者までいた。

盃を檜皮葺きの屋根に伏せた小籐次が姿勢を改めたのに駿太郎は気付いた。

(父上は次直の鯉口を切られた)

駿太郎は、父がわが身を風神に捧げる覚悟ではないかと察した。

そんな想いで見つめる駿太郎の視界の中で、小籐次は未だ三十石船に乗合客が残り、風雨も襲来してくる東北に向かって構えを改めた。

「八百万《やおよろず》の神様に改めて祈願申す。

淀川にて嵐に見舞われる三十石船の乗合の方々を救わんがため、来島水軍流正剣十手を奉献致し、この老残の身を捧げ申す。

とくとご覧あれ」

小籐次が激しく揺れ動く屋根船に立ち、吹き寄せる豪雨に向かって正対した。

もはや駿太郎は父がなにをなさんとするか理解した。

屋根船に残していた備前古一文字則宗を手にして、自分も屋根へと飛び上がった。

「父上、それがし、赤目駿太郎も正剣十手、八百万の神様に奉じまする」

と宣言すると将軍家斉より下賜された則宗を鞘から抜いた。そして、父の小籐次の動きに合わせて序の舞の半ばから父子両人は来島水軍流を風雨のなか演じ始めた。

淀川の岸辺にいる人も未だ激しく波に揉まれる乗合船に残る客も赤目父子の動きを無言で見詰めていた。

村上水軍に伝わる船戦の技を代々受け継いできた赤目家の当代の、小籐次が己の解釈を新たに加えた剣技だ。父子が命をかけて披露していることを見守る人々は察した。

激しい風雨に抗って、ゆるゆるとした動きで父子の序の舞が演じられ、

「続いて来島水軍流正剣二手、流れ胴斬り」

と小籐次が宣言すると駿太郎も、

「流れ胴斬り」

と和しながら八百万の神に向かって奉献した。

いまや岸辺の人も乗合船に残っている客もすべての人々が赤目父子の一挙手一投足を合掌しつつ凝視していた。

流れ胴斬りから正剣三手漣《さざなみ》へ、さらには波頭、波返し、荒波崩し、と続き剣技が演じられていくと風雨がわずかずつ弱まっていくのが池端恭之助にも与野吉にも感じられた。だが、それが赤目父子の来島水軍流の奥義奉献のせいかどうか分からなかった。

岸辺の一角で屋根船の主船頭勇次は、父子の技前を凝視しながら、胸のなかで、

(神様が赤目父子の奉献の意を聞き届けはったんと違うか)

と感じていた。

波しぶき、波雲、波颪《なみおろし》、波小舟と正剣十手が船の檜皮葺きの屋根の上で演じられたが、風雨は確かに弱まったというものの、未だ続いていた。なにより淀川は増水を続けていた。

小籐次の声が弱まっていることに気付いた駿太郎は、

「続いて来島水軍流脇剣七手、ご覧あれ」

といったん屋根から下りると屋根船に置かれていた竹棹を摑み、

「竿突き」

と大きく揺れ動く船の屋根の上に戻って堂々たる竿術を演じてみせた。

「おお、若武者駿太郎さんも親父様に負けず劣らずやりよるな。わいの屋根船のうえでこの嵐のなか、長い竹棹を持って振り回すやなんて、だれでも出来るこっちゃないで」

と主船頭の勇次が思わず叫んでいた。

「風神様よ、襲いくるんやったらこんかい。わしらには赤目小籐次様と駿太郎さん父子がついとんのやで」

屋根の上での命をかけた来島水軍流の脇剣七手も、竿刺し、飛び片手、水車、水中串刺し、継竿と演じられ、最後の技を迎えた。

駿太郎の声が一段と高くなり、

「来島水軍流、最後の技にございます。風神様がわれらを打ちのめすか、いやさ、われらに情けをかけて下さるか、お決め下されト」

と声を張り上げた駿太郎が片手に長棹を持ち直すと淀川の流れに向かって、

「竿飛ばし」

と叫ぶと同時に手から放った。

竹棹が風雨を裂いて流れに突き刺さった瞬間、雨も風も消えていた。

淀川の流れも一瞬鎮まったかに思えた。

だれもが沈黙していた。

二

三河の内海でも二日ほど風雨が吹き荒れた。季節外れの野分の影響だ。

三枝家の老木、楠の枝の上に造った小屋に寝泊りしていた子次郎は、風に煽《あお》られる小屋から下りて薫子、お比呂《ひろ》、そしておりょうの三人の女たちの離れ屋に避難してきた。

「おお、子次郎さん、案じておりましたよ」

薫子が子次郎の声にほっと安堵したように迎えた。

「姫様よ、猛烈な風が小屋を揺らす厳しさに魂消たね、三河の嵐はこれまでおれが経験したこともない激しさですよ」

「子次郎さん、私たちも案じておりました。この離れ屋に子次郎さんがいるといないでは薫子様の気持も大いに異なりましょうからね」

おりょうが言い、

「須崎村の望外川荘にて野分に幾たびも見舞われましたが、三河のこの季節外れの野分は比べものにならぬくらい激しゅうございます」

目の不じゆうな薫子の気持を察した子次郎が嵐が通り過ぎるまで離れ屋で暮らすとおりょうは察していた。

「姫様よ、おりょう様よ、おれの仲間の波平さんと与助さんがさ、漁師の技の縄がらみで造った小屋は、まず安心と思っていたがさ、いやはや揺れがこの離れ屋とは比べものにならないんだ。おれも離れ屋に下りて安心したぞ」

と正直な気持を告げた。

「子次郎さん、この離れ屋は大丈夫でしょうね」

お比呂が案じた。

「漁師ってのはすごいな、お比呂さん。嵐がくる前から吹降りに見舞われることを推量してさ、昨日のうちに小屋を造った残りの材木であのふたりがこの離れ屋を補強してくれたからね、まず離れ屋は大丈夫だぞ」

　四人は嵐に見舞われた夜を過ごすことになった。

　庭で飼われていた犬や鶏も離れ屋の土間に入れ、なんとも賑やかな夜になった。

「おりょう様、赤目様と駿太郎さんは摂津大坂に着いたかね」

　離れ屋に四人が顔を揃えて安心した子次郎が言い出した。

「そうですね、ふたりが三河を出立してから指折り数えて六日は過ぎておりましょう。旅慣れたふたりです、大坂にすでに到着しておられるか、大坂を目の前にしておりましょう」

「おりょう様よ、この嵐、あちらも見舞ってないか」

　子次郎の問いにおりょうの顔色が変わった。

「おお、なんということでしょう、そのことを思いもしませんでしたよ。京の伏見から大坂までは淀川なる川を夜船で下るそうです。嵐は三河よりいくらか早くあちらを襲うておりましょうか、となると夜船に嵐が」

「襲っているといいなさるか。おりょう様よ、これだけの嵐に見舞われたんなら、船問屋がさ、乗合船を止めるよな。まあ、酔いどれ様と駿太郎さんならばさ、どんなことが襲ってもあっさりとやっつけるんじゃないか」

「そうだと、いいのですがね」

おりょうは子次郎との話で、急に不安を感じて、小籐次と駿太郎父子の身を案じた。

「遠くにいる酔いどれ様と駿太郎さんのふたりを案ずるより、この三河の夜を無事にやり過ごすのが肝心だぜ。果報は寝て待てというじゃないか、少しでも体を休めておくほうがよくないか」

子次郎の言葉に女衆三人は寝床を同じ座敷に敷いて寝ることになった。

一方、子次郎は小籐次一家が三河に来る前に寝泊まりしていた台所の傍らの狭い部屋に寝床を用意した。

離れ屋の藁葺き屋根に吹きつける雨と風の音を聞きながら四人は眠りについた。季節外れの野分はひと晩じゅう吹き荒れた。

飼犬が吠える声に子次郎は目覚めた。まず風雨は弱まっているように思えた。どうやら峠は越えたようだと子次郎は判断した。

寝床を離れて、奥座敷の女衆に声をかけた。

「お比呂さんよ、座敷に雨漏りなんぞしてないか」

「藁葺き屋根ですよ。おかげさんで、こちらは雨漏りなんてありませんし、雨戸も壊れてもいませんよ」

「そうか、そいつはよかった」

「離れ屋のあちこちらを板で補強してくれた波平さんと与助さんのふたりのお陰でね、なんの差し障りもありませんよ。有難いことです」

とお比呂が感謝の言葉を繰り返し口にしたとき、台所の戸が叩かれた。

子次郎が台所の土間におりて誰何《すいか》すると、

「おれだ」

と波平の声が応じた。

「おお、波平さんか」

と子次郎が仲間を迎えた。

蓑と笠を被った波平が、

「どうだ、離れ屋は」

と質した。

「おお、お陰さんでな、雨漏りひとつしてないとよ」

「そうか、お比呂さんにもう火を使っていいと言ってくれないか」

「嵐は通り過ぎたかね」

　雨風は未だ残っていたが昨夜よりかなり弱かった。

「おお、峠は越えたな、遠州のほうに行きやがったな。木小屋にはさすがの鼠小《ねずみこ》僧《ぞう》も寝られなかったか、子次郎さんよ」

「盗人《ぬすっと》も嵐には抗いようもないな。この離れ屋どころじゃないぞ。床の下から突き上げてくるような風でよ、鼠小僧も金玉が縮み上がったぞ」

　子次郎は波平に自分の正体を明かしていた。

「ふん、元祖の鼠小僧も嵐には形無しか、漁師にとっちゃ大した風雨じゃないがな」

　と波平が言い切った。

「よし、木小屋を確かめにいくぞ」

　とふたりは風雨の残る表に出た。すると犬までがいっしょに外に出てきて、敷地の一角で小便をした。

「うん、小枝は折れておるが楠の木はびくともしてねえな、さすがに何百年も生き抜いた木は違うな」

「ああ、木小屋も大丈夫のようだな」

　ふたりは木小屋を見上げながら老木の周りを歩いて確かめた。

楠の木の周りに落ちた枝はかなりあったが、木小屋を建てた太枝に被害はないように思えた。

「ひと晩じゅう風に揺さぶられてやがる。縄が緩んでいるかもしれないからよ、天気がよくなったら縄を締め直そう」

と言った波平が、

「あのな、おりょう様方に言ってはならねえぞ、心配しなさるからよ。親父がいうにはこの風具合はよ、三河より上方のほうが酷いはずだと言うんだよ。淀川下りの三十石船で嵐なんぞにもろに襲われたらえらいことだぞ」

と言い添えた。

「おりょう様はな、淀川の三十石船を知ってなさったぞ。それでおれも考えたんだが、これほどの悪天ならば船問屋が三十石船を止めねえか」

「親父がいうにはよ、淀川の三十石の乗合船は船問屋の稼ぎ頭だ。よほどのことがないかぎり下り船を止めることはないとよ」

「そうか、そりゃ気がかりだな。この三河から三十石船の出る伏見までどれほどの道のりかね」

「そうだな、五十数里かな。赤目様と駿太郎さんがこの地を離れて七日目か、おりゃさ、淀川の夜船に乗っていないことを願っているぜ」

「ああ、まあ、あのふたりはよ、なにが起ころうと押し返す力を持っていなさる」

「おれもよ、赤目小籐次様ならばこの程度の嵐にあたふたするわけもねえと思っているがよ。親父の話だと、長さ六十尺ほどの高瀬船に三十人も乗せるというからな、昨日からの嵐が襲ったら、乗合船なんてひとたまりもないぞ」

わずか数日の付き合いしかないにも関わらず、あの父子の挙動から勇者ぶりを悟った波平が言い切った。だが、その口調に案じる様子もあった。

子次郎も波平も小籐次と駿太郎父子が乗ったのが参勤交代の折に大名が乗る御座船とは夢想もしなかった。

「なによりさ、来島水軍流の達人だぜ、淀川の夜船ていどにあたふたなさることはあるまいがな」

と子次郎も胸の不安を打ち消すように言った。

夜明けを迎えた淀川の右岸、上り船が船頭衆や曳手衆に綱で引き上げられる曳き場のひとつ、三島江付近の風雨は弱まったが増水はさらに続いていた。京の山並みに降った雨が桂川、木津川、宇治川の流れと合流する淀川に注ぎこんだせいだ。

曳き家の奉公人たちがひと晩雨に打たれた乗合客に白湯《さゆ》を飲ませ、土間に炭火を熾《おこ》して体や衣服を乾かす手伝いをしていた。

その様子を見た小籐次は、

「屋根船に積んだ四斗樽には半分以上酒が残っていよう。駿太郎、与野吉、あれをこの曳き家に運んでこられるか」

と願った。

「ふたりならば船板さえ気をつければ運んでこられます」

若いふたりが土間の片隅にあった棒を借りて屋根船に戻ると四斗樽をたちまち担いできた。

「父上、まだ二斗五升は残っております」

と叫ぶと乗合客の男衆から歓声が沸いた。

曳き家から茶碗を借り受け、

「ご一統様、無事で朝を迎えられる幸せを神仏に感謝してお飲みくだされ」

と小籐次が茶碗酒を渡していくと、

「酔いどれ様よ、おまえさんと駿太郎さんのお陰でわしらは死なずに済んだぜ。江戸に戻ったらよ、久慈屋の研ぎ場に必ず礼に行くからな」

と言いながら金毘羅様に代参にいくという男衆が、くっ、と茶碗酒を飲んで、

「おお、生き返ったぜ。おりゃ、淀川でよ、おっ死《ち》ぬと思ったぜ」

と喜びの声を発した。

その様子を見た小籐次が駿太郎に何事か囁《ささや》くと曳き家から姿を消した。

「酔いどれはんは、どないしはりましたんや」

女客が質した。

「父上は船に戻って体を休めるそうです」

「酔いどれはんとあんたはんのお陰でうちら助かりましたわ。さよか、酔いどれはん、屋根船に戻りはりましたん」

「なにやかにやと申しても父上は歳です。少しでも休んでもらいたいのです」

「お兄さん、あんた、いくつや」

「十四です」

「感心な息子やないか。あの吹降りをやで、剣術の技で鎮めはってんな。うち、魂消たわ。酔いどれはんの得意技かいな」

「父も嵐を鎮めたのは初めてだと思います。皆さんの気持がいっしょになってのことです」

「十四歳いうたら丁稚小僧の歳やないか。驚いたわ、酔いどれはんと刀抜いて剣舞を踊りはったな」

「剣舞と違うで。来島水軍流たらいう剣術の奥義やがな。それにしても、屋根船の上で酒をしこたま飲みはってやで、あの技や。わい、死にかけたかいあったわ。天下の酔いどれ小籐次父子の剣術見せてもろうたがな」

そやそや、とその場の乗合客が言い合った。

「それにしてもやで、酔いどれはんは親子して屋根船で淀川下りやなんて豪儀やないか」

と最前の女衆が話柄を変えた。

「いえ、私どもも仰天致しました。あれは、父上の旧藩の殿様が用意してくださった船です。皆さんは苫屋根ですから、難儀なさいましたね。さあ、そちらのお方、茶碗酒はどうですか」

「おお、わてにもごっつぉしてくれへんか」

と手が伸びてきた。その男客が茶碗の酒をくいっと飲み、

「おお、甘露甘露や。おかげさんで天下の武人酔いどれ小籐次さんの親子に会えたわ。酔いどれ親子に命を助けられたうえに伏見の酒まで頂戴したわ、難儀のお陰でいい目に合えたで」

と喜んでくれた。

「船曳きのお方、酒はいかがですか」

駿太郎が勧めると、風雨のなかでも褌ひとつで乗合客の世話をしていた武骨な男衆が、

「わてらもごっつぉになってええんか」

と言いながら四斗樽の周りに集まってきた。そして、茶碗酒をひと口喉に落とした頭分の曳き手が、

「兄さん、おまえ様とお父つぁんの酔いどれ様のお陰で、わいら、めざしまで酒よばれて、有難いこっちゃ」

と駿太郎に言った。

褌一丁に筋骨隆々とした曳き手衆に酒を注ぎながら、

「駿太郎さん、めざしってなんでしょう」

と与野吉が小声で聞いた。

「めざしは、魚のことでしょうか」

と駿太郎も首を傾げた。

「兄さんら、めざし知らへんか。そや、息子はんがいうとるがな、魚のことや。わしら、犬走りをな、夏の夜は蚊に噛まれながら、冬には霜を踏みしめながら裸足で船を曳きますねん。一本の綱を皆で引くその恰好をな、どなたはんか知らんがえらい物知りがな、『百夫』、これはわしらのこっちゃ、『索を曳き、魚貫《めざし》のごとし』とな、言うたそうや。ワラにな、眼玉を突き抜かれためざしのようなんがわしら曳き方いうこっちゃ。せやからな、わしらは、めざしと呼ばれますねん」

となかなかの博識を披露してくれた。

「百夫、索を曳き、魚貫のごとし、ですか。父上にあとで教えます」

「なんやて、酔いどれ様にわしらのこと伝えるいうのんか。この川の水は、一日二日へらへんで。わしら、一杯酒を酌み交わしたいんやけど、兄さん、頼んでくれへんか」

「はい、必ず父上に伝えます」

三島江の曳き場にようやく安堵感が漂ってきた。

だれもが一時、死を覚悟したのだ。

子どもたちは曳き家の湯に入れてもらい、大座敷で雑魚寝《ざこね》した。

この嵐で淀川の下り船が転覆したり船に水が入ったりして、死人まで出たとか。だが、少なくともこの三島江の曳き場に集った三十石船からは、ひとりの怪我人も死人も出なかった。

曳き場に留まっている間に池端恭之助が淀川の三十石船を襲った風雨の激しさと赤目父子が来島水軍流の奥義で鎮めた様子を克明に認めて飛脚屋に託し、森藩江戸藩邸の家老長野正兵衛に送った。そのことを小籐次も駿太郎も知らなかった。

駿太郎が小籐次に曳き手の頭分から教えられた「百夫、索を曳き、魚貫のごとし」を告げると、

「なに、曳き手の衆をめざしとよぶか。ほうほう、『百夫、索を曳き、魚貫のごとし』か、味わい深い言葉と違うか。おりょうに教えてやろうか」

と満足げに言ったものだ。

「曳き手の衆が父上と酒を酌み交わしたいそうです」

「酒を飲むなどわしらはかまわぬが、曳き手衆は、天気がよくなると仕事に追われるのと違うか」

と案じた。

曳き手の頭分が予言したように、淀川がいつもの流れに戻ったのは、激しい嵐に襲われた日から三日後のことだった。

その間に曳き場の三島江に止まっていた十数艘の三十石船の何艘かは、修繕をしないと乗合客を大坂の八軒家まで乗せていけないということで、屋根船にも女子ども衆や江戸から金毘羅様に代参にいく本所の船問屋の男衆三人組が乗り込むことになった。

「おい、酔いどれ様よ、おれたち、殿様が乗る御座船に乗せてもらっていいのかね。いよいよ、江戸に戻ったら旦那や仲間に自慢ができる話じゃな。ありがとうよ、酔いどれ様、駿太郎さんよ」

「わしや倅に礼の言葉などいらぬわ。このお武家さんが殿様の近習頭じゃ、礼を述べるなら、この方に申せ」

「なに、豊後森藩の重臣さんか。世話になりますな」

と三人組のひとりは、小籐次がいた藩の名まで承知していた。

「いや、それがしは赤目小籐次様の世話方に過ぎん。赤目様はわが殿の正客ゆえ、赤目様に礼を申せばそれでよいのだ。なにしろそれがしの剣術の師匠でもあるでな」

江戸家老への書状を認め終えて安堵した池端恭之助が自慢げに言った。

「なに、お侍は、酔いどれ様の弟子か。ならば、あの夜、どうして酔いどれ様親子と剣術をいっしょによ、披露しなかった」

「それがし、門弟というたぞ、それも出来のわるい弟子でな。赤目小籐次様は別格じゃが、駿太郎様も将軍家斉様に拝謁した若武者、腰の一剣は公方様から頂戴した備前古一文字則宗だぞ。それがし、あのような刀は持っておらぬ。それに激しく揺れ動く屋根船の屋根にも上れるものか。それがし、岸辺から言葉もなくお二人の来島水軍流の奥義を見ていただけであったわ」

「そうかえ、侍もいろいろあるな、わしらもいっしょよ、まさか淀川が死に場所になろうとはなんて、考えて身を震わせていたのよ」

と三人組のひとりが言い、女衆や子どもたちも加わり、賑やかな淀川船行になった。

三

この朝、久慈屋の店先に立ったのは、老中青山忠裕の密偵おしんだった。店の奉公人たちは、おしんが何者か、とくと察していた。そのため店の客ではなく赤目小籐次の知り合いの女衆として遇していた。

「おしんさん、朝早くからご苦労にございますな」

大番頭の観右衛門がおしんに挨拶した。主の昌右衛門は未だ店に出ていなかった。

「ご一統様、おはようございます」

と返したおしんに、

「なんぞ、急ぎの用事にございますかな」

「いえ、そうではございません。過日は大番頭さん直々の文遣い、恐縮にございました。お礼に参上いたしました」

と述べた。かような他人行儀な応対の折は厄介事だと察していた観右衛門が、

「私、未だ茶を喫していません。お付き合い願えませぬかな」

と店座敷に上がるように促すとおしんが頷いた。

ふたりが店座敷で向き合ったとき、昌右衛門も朝いちばんの訪問者がだれか分かったらしくその場に加わり、

「赤目様と駿太郎さんの旅先になんぞございましたか」

と質した。

「おふたりはすでに参勤交代に加わっておられましょう。おりょう様の文の日付から察して三河を出立されて九日は経っておりますから」

とおしんが答え、

「過日の文には、赤目小籐次様とおりょう様それぞれの書状が同梱されておりました。不運極まりない知らせがふたつ、赤目様の書状に記されておりました」

「ふたつと申されますか」

と観右衛門が合いの手を思わず入れた。

「ひとつめでございますが直参旗本三枝實貴《さねたか》様が身罷《みまか》られました」

おしんが淡々と告げた。

主従ふたりが、予想もしなかった知らせにおしんの顔を見るとおしんが頷いた。

むろん三人の戸惑いは三枝實貴の死にからみ、息女の薫子姫がこの世に独り取り残されたことを考えてのことだ。大酒飲みとはいえ、薫子の唯一の身内だった。なにより譜代旗本家の存続は實貴が存在することで保障されていた。

「病でございましたか」

観右衛門が重い口を開き、

「いえ、それが」

と前置きしたおしんは、三枝實貴が酒代欲しさに賭場に出入りして借財をこさえ、騒ぎの末に賭場の用心棒磯子《いそご》五丈《ごじょう》なる剣術家に殺されたことを手短に告げた。

「なんということが」

昌右衛門が洩らし、

「直参旗本の当主がさような死に方をなされたとは、今後三枝家はどうなるのでございますか」

といちばんの懸念を質した。

「赤目様の思案もそこです。この死には、田原藩の藩主三宅家が関わっておられます。と申すのも賭場は田原城下にございまして、手元不如意の田原藩の家臣が関与しておられたのです。磯子五丈は、田原藩の家臣ではございませんが、剣術の腕を買われて藩道場の師範を勤めていたとか。厄介なことに、徳川家が忌み嫌う村正《むらまさ》が差し料であったそうな。江戸では考えられないことです。この三宅家の関わりがふたつめの難儀です。赤目様は、三枝家の当主の死の真相を曝《さら》け出すとしたら、譜代大名三宅家と旗本三枝家の関わりを告げねばならない。となると、当然二家の存続にかかわってくる。なんとか穏便に片をつけたいのだが、と認められておりました」

うーむ、と主従は唸った。

「当然、赤目小籐次様のご出馬がなければこの二家の存続は無理ですな。ところが赤目様を森藩の久留島の殿様が摂津大坂で待っておられます」

観右衛門が言い、

「はい、三河に父子が滞在できるのは数日の予定でしたな。いくら知恵者の赤目様とは申せ、この日にちではどうにもなりますまい。それで老中青山様のお力を借りようと先日の長い書状になりましたか」

と昌右衛門もおしんに質した。

「文に書かれてあったことを申し上げます」

と前置きしたおしんが告げた。

「三枝の殿様を殺《あや》めた磯子五丈を始末したのは駿太郎さんだそうです」

「おお、なんと薫子姫の父御の仇を駿太郎さんが代わりに討たれましたか。さすがは酔いどれ様の子息ですな」

「大番頭さん、とは申せ、三河に残されたふたつの難儀のひとつはそのまま残っております。厄介極まりない二家の存続です」

とおしんが告げ、不意に口を閉ざした。

しばし迷った表情の老練な大番頭が、

「赤目様の青山の殿様への頼みは、厄介な話ゆえ町人の私どもには話は出来かねますか。お聞きしない方がよろしいのかもしれませんな」

と胸のうちをさらけ出した。

老中青山忠裕と赤目小籐次の間柄を久慈屋の主従はとくと察していた。また公にできぬ話に久慈屋が関わったこともある。ゆえに観右衛門のいささか差し出がましい正直極まる問いになったのだ。

おしんは首肯し、

「赤目様の、わが殿、老中青山忠裕への頼みはこうです。

われらは数日の三河滞在しか許されておらぬ。なんとかこの田原藩三宅家と旗本三枝家を襲った難儀、しばらく知らぬ振りをしてもらえぬだろうか。老中青山忠裕様の思案を豊後森藩に知らせてもらえるならば、豊後からの帰路、われら父子がおりょうを引き取りにいく折に、老中青山様の内意に従って目処をつけたいが、という提案が認めてございました」

おしんの報告に久慈屋の主従が期せずして、
ふうっ
と吐息をした。

「赤目様には江戸にいようと在所に呼ばれようと、常に新たな厄介が降りかかりますな」

と観右衛門が呻くように言った。同時にどこか小籐次の難儀を楽しみにしている口調でもあった。

「大番頭さん、まずは青山の殿様のご判断です」

と昌右衛門が婉曲に諭した。

「わが殿は赤目様の豊後滞在が終わるまで、『この一件、予はなにも知らぬ、だれよりも知らされておらぬ』との返答にございました」

久慈屋の主従は、小籐次の意を青山忠裕が汲んだと判断した。

「豊後森藩に宛ててその意を告げるのは私どもの役目にございます。ここからがお願いです」

「なんでしょうな」

「久慈屋さんが差し出す文でわが殿の意を赤目様に伝えてもらうわけには参りま

せんか」

おしんが久慈屋に朝いちばんで訪れた目的を告げた。

古参の老中とはいえ、譜代大名三宅家を見舞っている難儀を一存でうんぬんすることは難しいと判断したのであろう。難儀の始末を豊後から三河に戻った赤目小籐次がつけてくれるならば、

「それで良しとする」

と言外に告げていた。

「とは申せ、私どもが大名家や大身旗本の家督に関わることを書状にするなどできましょうか」

と昌右衛門が危惧を洩らした。

「殿の決断は、中田新八どのと私が認めました。書状をここに持参しております」

とおしんが襟元から出した。

「つまり私どもは江戸の様子を豊後にお伝えするという感じの文を出す、その封書におしんさん方の書状を挟み込むということで宜しいのですね」

「はい。姑息といえば姑息な保身策ですがかたちばかりでもこの一件、老中青山

忠裕は全く知らぬという体を装いたいのです」

おしんの願いを主従それぞれが思案し、頷き合った。

赤目小籐次の立場を考え、老中青山忠裕の意を久慈屋は了解したのだ。

「おしんさん、承知しました。私が豊後森藩久留島家の赤目小籐次様へ宛てた文を認めます。そのなかにおしんさんの書状を同梱致します」

と昌右衛門が言い切った。

「お願い申します」

おしんが携えてきた書状を昌右衛門が受け取ると、おしんは安堵した表情を見せた。

廊下に人の気配がしておやえ自ら茶菓を運んできた。

「おしんさん、茶を供するのが遅くなりました」

と詫びたおやえが三人に茶菓を供すると、

「ごゆっくり」

との言葉を残して店座敷を出ていった。

おやえはこの場の雰囲気が険しいことを直ぐに悟ったのだ。大名家や直参旗本といった武家方の客が多い紙問屋の内儀ならではの判断だった。

三人は茶を喫しながら、それぞれの胸に浮かんだ思いを吟味した。最初にその思いを口にしたのは観右衛門だった。

話が再開された。

「おしんさん、これまでの話は譜代大名三宅家の存続に関わることが主でございましたな。薫子様の父御が身罷った三枝家についてですが、田原藩の難儀より厄介ではございませぬか」

「譜代の旗本の当主が不埒な剣術家の手によって身罷ったのです。その死の事実と死に方は早晩江戸に知らされましょう。となると、三枝家の存続は無理でしょう」

おしんは言った。

「でしょうね。まず三枝家には男子の跡継ぎがおられませぬ。薫子様に婿でもおられると跡継ぎになりましょうが、さような話はただ今のところございますまい」

「おしんさん、赤目様は書状でなにか触れておりませんでしたか」

と昌右衛門と観右衛門が同時に質した。

おしんが首を振り、

「急に薫子様に婿と申しても無理でしょうね」

　と昌右衛門が応じた。

「最前、話をしなかったことがございます。三枝の殿様は、三河でも自分の実の娘の薫子様を賭場の借財のカタに売ろうとなさったそうです」

「呆れました」

　と観右衛門が驚きの言葉をもらし、

「薫子様は眼がご不じゆうです。そのような娘御が父御に江戸でも三河でも理不尽極まる仕打ちを受けたとは、この私、話を聞くだに腹立たしく悲しゅうございます。薫子様は三枝家の家督相続のために婿を慌てて迎えるなんて努々《ゆめゆめ》思うておられますまい」

　と昌右衛門が抑えた怒りを滲ませて言った。

「こたびのことでよかったことは、江戸ではなく三河で起こったことです。そのためいまのところ公儀に知られてないことですな」

「はい、昌右衛門様、赤目様もさようにお考えになったのだと思います。それと薫子様にとって心強いことは」

「おりょう様がかたわらにおられることですな」

おしんの言葉を観右衛門が奪って身を乗り出した。

この場の三人、赤目小籐次を身内同然に考えていた。だから互いの胸のうちが読めた。

「はい、赤目りょう様がいっしょの屋根の下におられるのは、なんとも幸運でした」

おしんも賛意を示し、続けた。

「薫子様にとってもうひとつよきことがございます」

「ほう、なんでございましょうな」

とこんどは昌右衛門が関心を示した。

「田原藩の藩主三宅康明《やすてる》様は同じときに難儀に見舞われた三枝薫子様に同情なさっておられるそうな。おふたりは互いの立場を察しておられるとか」

「ほう、それはよいお話ではございませんか。殿様はおいくつでしょう」

と観右衛門が話を進めた。

「お歳のことは認めてございませんが、おりょう様は若く聡明な殿様と記しておられます」

「ふむふむ、禍転じて福になるとようございますがな。一万二千石の殿様と九千何百石かのお姫様、よき釣り合いではございませぬか」

「大番頭さん」

おしんは呆れ顔で観右衛門を見た。

「うむ、私め、いささか先走りましたかな」

「大番頭さん、いくらお若いとは申せ、すでに奥方様がおられましょう」

「そうですよね。となると、側室は」

と言いかけた観右衛門に、

「その先は言うてはなりませぬ、大番頭さん。傍らにおりょう様がおられるのです、お任せになることです」

「そうでしたそうでした。江戸の芝口橋からでは、なにを言っても三河には聞こえませんな」

と観右衛門が残念げに言ったものだ。

おしんが久慈屋を去ったあと、昌右衛門は奥座敷に戻り、豊後森藩久留島家気付で赤目小籐次に宛てた文を早速認め始めた。

一方、大番頭の観右衛門は店の帳場机の前に戻った。すると、読売屋の空蔵が

赤目父子の紙人形の傍らに立ち、

「大番頭さんよ、ついさっき出ていった女衆はよ、どこぞの老中さんの奉公人と違うか」

と声をかけてきた。

「うちのお客様はなにも男衆ばかりとは限りませんでな、女衆もおられます。空蔵さんや、あんたとてそれくらいは承知でしょうが、長い付き合いですからな」

「ほうほう、そう来たか。ならばお尋ねしましょうかな。おしんさんはなにしに見えられました」

空蔵が帳場格子の前の框《かまち》に歩み寄り、横向きになって腰を下ろした。

「うちは紙問屋です。紙の注文でしたな」

「違うな、なんとなく店先での話じゃなくてよ、奥から出てきた感じだよな。となると、旅先の赤目父子に絡んでよ、なにか道中で騒ぎが起こったということじゃないかえ」

「おお、空蔵さんは八卦《はっけ》も見られますか」

「当たったか。赤目小籐次め、なにをやらかした」

「今ごろ赤目様父子はどちらを旅しておられましょうかな」

と観右衛門が反問した。

そんな問答を奉公人の全員が聞いていた。

「おりょう様といっしょによ、三河に立ち寄るんだろ」

「ようご存じですな。で、その先は」

「だからよ、酔いどれ小籐次と駿太郎父子は、豊後の山んなかの森藩を訪ねるんだろ」

「となると、いよいよ江戸から遠のきますな。どうして旅先の赤目様の動静が分かりますな、遠眼鏡でもダメでしょうな」

「だから、おしんさんのところに酔いどれの旦那から知らせが入ったんだろ」

「ほうほう、どのような知らせでしょうな、私も知りとうございますな」

「それを聞いてんじゃないか」

上がり框に腰を下ろした空蔵と帳場格子の観右衛門がぬらりくらりとした問答をしていると、竹刀を手にした少年剣士がぞろぞろと久慈屋の店前に立った。なかのひとりが見習番頭の国三に声をかけた。

「国三さん、駿太郎さんからなにか知らせが入らない」

アサリ河岸の桃井《もものい》道場の年少組門弟の岩代祥次郎《いわしろしょうじろう》だ。ほかの吉水吉三郎《よしみずきちさぶろう》や園村《そのむら》嘉一は久慈屋の看板の赤目父子研ぎ人形を触っていた。

「祥次郎さん、うちにはなんの文も届いていませんよ。ああ、そうだ、読売屋の空蔵さんが駿太郎さんの動静をとくと承知だと思いますよ」

「ああ、兄者《あにじゃ》がいつもいっているぞ、読売屋には気をつけろ、なかでもほら蔵はいちばんあぶないってよ。ねえ、なんであぶないの、ほら蔵さん」

と祥次郎が真っ正直に尋ね、

「桃井道場のガキ門弟だな。兄者ってだれだ」

と空蔵が応じた。

「北町与力の岩代壮吾《そうご》」

「うっ、あのウルサ方の与力様か。おまえさん方も駿太郎の消息を聞きにきたんだな。そうなんだよ、あの父子、居ればいたでよ、眼ざわりだけど、居なきゃいないで寂しいよな。どこにいるか知らないか」

「旅だよ。おれたちさ、駿太郎さんといっしょにさ、高尾山に行ってよ、悪者をやっつけたり、摑まえたりしたぞ。その話、聞きたいか、ほら蔵さんよ」

「その話、おれ、書いたよな」

と空蔵が祥次郎に反対に質した。

「高尾山のガキの遊びなんて、天下のほら蔵が書けるかって、断りましたよね」

「えっ、そんなことあったか」

「あったあった」

祥次郎ら年少組門弟三人が声を揃えた。

「高尾山のガキ遊びな、古びているうえに赤目親子が江戸にいないんじゃな」

「ダメですか。ならばさ、おれたちと道場に戻ってさ、鏡心明智流《きょうしんめいち》の剣術の稽古をしないか。頭がすっきりしてさ、ほら蔵さんの頭に読売ネタが浮かぶかもしれないぞ」

空蔵は、いつの間にか祥次郎の遊び相手になっていた。

「ちぇっ、桃井道場のガキ門弟め、すっかりこのほら蔵を虚仮《こけ》にしてやがらあ。これじゃ商いにならねえよ。大番頭さん、また来るぜ」

と空蔵が久慈屋を出ていった。

それを見ていた観右衛門が、

「新米番頭さんや、この桃井道場の皆さんを台所にお連れして甘いものをおまつさんに出してもらいなさい。しっかりと仕事をなされましたのでな」

と国三に命じると、祥次郎らが、

わあっ
と歓声を上げた。

四

赤目父子一行は、豊後森藩の御座船三島丸が備えている小舟に乗って淀川河口を大坂の内海に入って行こうとしていた。

淀川下りの屋根船は三日遅れで八軒家の船問屋に到着した。そこへ徒士《かち》組の創《そう》玄一郎太《げんいちろうた》が迎えにきていた。

「赤目様、駿太郎さん、大変な目に遭いましたね」

一郎太が懐かし気に父子を迎えたが、いささか疲れ気味の小籐次は、頷いただけで船問屋の奥に入っていった。

「一郎太さんも参勤行列に加わっておられましたか」

と駿太郎が質した。

「はい、われら、幸運にも淀川で嵐に遭うこともなく大坂の蔵屋敷に入り、この数日、やきもきしながら赤目様一行の到着を待っておりました」

「こたびの参勤下番には代五郎《よごろう》さんは加わっておられませんか」

代五郎とは一郎太と同じく徒士組の下士身分の田淵《たぶち》代五郎だ。

「代五郎は江戸藩邸に残っております。近習頭の池端様やそれがしが赤目様や駿太郎さんといっしょに行くのに、自分だけが江戸で留守番かとぼやいておりました」

と一郎太が駿太郎に告げた。そこへ池端恭之助が姿を見せて、

「一郎太、赤目様が湯屋と床屋に行き、さっぱりとして殿にお会いしたいと申されておる。その後、船問屋でひと休みして頂こうではないか」

と言い、段取りを指示した。そんなわけで父子と池端主従は船問屋近くの湯屋と床屋に行き、何日かぶりに爽やかな気分になった。

船問屋に戻ると小籐次と駿太郎の着替えまで用意されていた。

着換えたふたりは、まるで参勤行列の一員のような年寄り侍と背高のっぽの若侍父子に変身した。ふたりの道中着は船問屋の女衆が洗って火のしをかけて手入れしてくれていた。

そのあと、昼下がりの刻限、小舟に乗って淀川河口に向かったというわけだ。

淀川河口には茶色の濁った水が扇形に拡がっていた。風雨が淀川の川底をさら

い、内海に土砂を流して茶色の海面へと変えていた。

「いや、あのような嵐はなかなかないと船問屋の船頭衆が言っておりました。最前、この茶色の内海を見たとき、淀川の曳き場で立ち往生した赤目様方の難儀が察せられましたぞ」

と一郎太が言った。

一郎太や代五郎は望外川荘を訪れて駿太郎としばしば稽古してきたから、上士の近習頭の池端恭之助より親しく、気兼ねが要らなかった。

「一郎太さんは海路はよく承知ですか」

駿太郎が聞いた。

「先の参勤の折に一度通っただけです。外海ではないので穏やかでしたよ。ただし、一日二日はいいですが、十数日も続くと船の暮らし、退屈します」

「まさか瀬戸内で新たな嵐が襲ってくるということはありますまいね」

と駿太郎が案じ、

「うーん、それはどうでしょう」

と一郎太が首を捻った。

「一郎太さん、三島丸の甲板は広いですか」

駿太郎が気がかりを問うた。

「まあまあ広いですが、駿太郎さん、まさか剣術の稽古をするというのではありませんよね」

「十数日も船旅が続くのでしょ。淀川三十石船では稽古は無理でしたからね」

「そうか、荒天のせいもあって駿太郎さんは稽古が出来なかったんで、不満が溜まってますか。うーん、三島丸の甲板には荷も積んでありますからね。無理かな」

「えっ、十数日も体を動かせませんか」

「駿太郎さん、ご安心ください。御座船三島丸は夕刻前になると、近くの湊で帆を下ろし、碇《いかり》を沈めて泊ります。その折、陸《おか》に上がって打合い稽古ができますよ。なにしろ三島丸にはそれなりの人数が乗っていますからね、相手には事欠きませんん」

と答えた一郎太の声音は微妙だった。そして、直ぐに言い訳をした。

「一番いいのは三島丸の主甲板で稽古を為すことですよね。でも、あの荷ではな」

一郎太が重ねて甲板での打合い稽古を否定したとき、小舟は親船の三島丸に近づいていた。確かに一郎太がいうように甲板に山成りに荷が積んであった。

「駿太郎さん方は、風雨の間、屋根船に閉じ込められていたのですね」

一郎太が話題をもとに戻した。

「一郎太、赤目様親子が行くところ、なんの騒ぎもないことなどあるものか。淀川三十石船でもあれこれと騒ぎがあったぞ。それがし、殿に報告をなす。そのあと、駿太郎さんから話を聞け。ただし、三島丸のなかではそのことを他の家臣と話してはならぬ」

駿太郎に代わって池端恭之助が答えると最後に厳しい口調で命じた。

池端は、御座船には国家老一派の面々も乗っていることを一郎太に改めて思い出させたのだ。

小舟が三島丸に横付けになった。

縄ばしごを一郎太が先頭で上がり、小籐次、駿太郎の順で取りついた。さらに池端恭之助、池端家中間の与野吉と続いた。

小籐次は縄ばしごを上がりながらどこからともなく注がれる敵意の視線を感じていた。

駿太郎も察していたが、知らぬ振りをしていた。それより駿太郎は甲板が積み荷ではほぼ埋まっているのを見てがっかりした。やはり一郎太のいうとおり、三島丸での稽古はせいぜい海に向かって素振りくらいしかできないなと思ったからだ。

「おお、赤目小籐次様にございますな。それがし、船奉行の三崎義左衛門《みさきぎざえもん》と申しましてな、森陣屋久留島館《やかた》では伊予水軍流の師範を勤めております。赤目様の来島水軍流とは、流儀の源が同じでございましょう。ご指導のほどお願い申します」

「ご丁重な挨拶、痛み入ります。わしが森藩に奉公しておったのは大昔のこと、それも厩番でしてな、伊予水軍に源をおく剣術の修行などしておりませんゆえ、指導などできるわけもござらぬ」

「それはご謙遜、森藩に所縁《ゆかり》の赤目小籐次の武名は、殿の恥辱を雪《すす》いだ『御鑓拝借』以来、あまねく諸国に知れ渡っております。こたびの国許入りは、久留島一族にとって名誉極まりなし。それにしてもあれこれ風聞が飛んでおりましてな」

過剰な追従の言葉が不意に変わった。

「三崎どの、それがし、江戸定府の池端恭之助でござる。赤目様父子を殿がお待ちかと存ずる。まずは殿とのご対面をお願い申す」

「おうおう、そなた、分家の縁戚の近習頭どのか、こたびは二度目の国許入りじゃが、なんぞ魂胆がござってかな」

「船奉行どの、話は殿にご挨拶ののち、伺いましょう」

中士の船奉行より格上の御給人にして上士の池端恭之助が険しい語調に替えて言い放ち、

「ささ、赤目様、駿太郎どの、殿の御座所へ案内仕《あないつかまつ》る」

と三崎船奉行の前から連れ出した。そんな背に、

「江戸者が厩番風情に追従しおって」

と囁く声がした。

きいっ、とした池端恭之助が後ろを振り返ろうとしたとき、駿太郎が、

「池端様、殿がお待ちにございましょう」

と腕をとるようにした。ために池端も艫矢倉《ともやぐら》下の御座所に向った。

御座所には、久留島通嘉一人が赤目父子を待ち受けていた。

「おお、参ったか」

「殿、何日もお待たせ申しましたな。赤目小籐次、恐縮至極にございます」

「嵐の襲来では如何《いかん》ともし難かろう。聞くところによると何十年ぶりの激しい風雨であったとか、そなたら、差し障りがなかったか。どうだ、駿太郎」

通嘉が父親から倅に相手を変えて問うた。

「殿様、乗合の三十石船のお客方は苫屋根ゆえ難儀されましたが、私どもに屋根船を用意して頂いたおかげでなんら差し障りはございませんでした。殿様のお気持ち、有難く賜り、感謝申し上げます」

駿太郎が丁重に礼を述べた。

「駿太郎、過日、元服を為したばかりであったな。すでに若武者ぶりが板についておるわ。父が奉公した当藩玖珠の山谷の美しさを楽しみにしておれ」

と通嘉が返した。

そのとき、小籐次は確かに池端恭之助がいうように江戸藩邸で知る久留島通嘉とは、なにか態度が違うと思った。胸を張り、座した姿も一段と大きく見えた。

「はい、それがしまでお招き頂き、有難うございました」

駿太郎が重ねて礼を述べ、父の小籐次に言った。

「父上、それがし、甲板から大坂の町並みを眺めております」

「そうじゃな、殿からお話があろうと思う、わしが承る。その間、一郎太らと過ごしておれ」

と小籐次が言うと、通嘉が、

「駿太郎、話が済んだら酒食をともにせぬか」

「殿様、父は夕餉に酒を楽しみます。それがし、未だ酒は頂戴しませぬゆえ、夕餉はご家来衆と食したく思います」

と駿太郎は断った。

「なに、酒の席は断わりよるか。うん、考えれば元服したばかりで無理もないわ。ならば、話のあと、予は赤目小籐次とともに夕餉の膳を楽しもうぞ」

「殿様、三島丸は明朝七つ発ちにございますか」

「おお、日の出とともに帆を上げるわ。船旅を楽しみにしておれ」

「はい」

と返事をした駿太郎が傍らに置いた備前古一文字則宗を手に御座所を出た。

夏の陽射しが大坂の内海を塞ぐような大きな陸影を灼いていた。

「あの陸はどこですか」

と最前上がった甲板に立つ創玄一郎太に聞いた。

「あの島ですか、どこだろう」

と一郎太が周りを見た。だが、甲板には一郎太しかいなかった。

「江戸のお人、ありゃ、淡路島ですぞ」

と高い艫矢倉から声がかかった。

ふたりが振り向くと三島丸の主船頭と思しき人物が笑いかけた。

「船頭どのですか、それがし」

「赤目駿太郎さんじゃな。わしの助《すけ》船頭の弥七《やしち》が八軒家の船問屋からあれこれと話を仕入れてきましたぞ。季節外れの野分を鎮めたのは赤目小籐次様と駿太郎さん父子じゃそうな。さすがは『御鑓拝借』の酔いどれ小籐次様と子息、お手柄でしたな。わしは三島丸の主船頭利一郎《りいちろう》です」

と気さくな口調で名乗った。

「世話になります」

「天下の酔いどれ小籐次様にわが船に乗って頂くとは信じられぬ」

「利一郎主船頭は、江戸のお方ですか」

「ふっふっふ、いまや流れ流れて豊後の森藩の大名船の船頭でしてな。夕餉にはしばし時があろう、船内を案内しましょうかな」

「おお、それは嬉しい話です。ぜひお願い申します」

利一郎が、

「駿太郎さん、まずこちらへ」

と舵場に手招きした。

駿太郎は右舷側の階段を上がった。が、一郎太は主甲板に残った。舵場がさほど広くないことを気遣ってのことかと駿太郎は考えた。

「駿太郎さんは、大名船に乗ったことがありますかえ」

「いえ、初めてです。大名船と並みの帆船、例えば千石船と変わりがありますか」

「おお、千石船は米を千石積めるゆえ千石船と曖昧に称しますな、つまりは船の『客』は米を始め、品物でございますよ。一方、大名船は殿様を始め人が客ですぞ。ゆえに船の造りは遠目にはいっしょでも船の外も内も大きく違うんでさあ。まず、千石船では外艫《そとども》と言うておりますが三島丸では舵場です。舵も和船と違い、固定式です。さらには見てのとおり屋根付ゆえ多少の風雨は避けられます」

駿太郎が見回すと天井から異国製と思える玻璃《はり》の照明具がぶら下がり、手造りの海図や駿太郎が初めて見る機械がいくつもあった。

「三島丸は主柱《おもばしら》一本に見えますが、補助柱が用意されており、弥帆《やほ》柱も備わっております。ただ今は荷詰みの下に補助柱は隠れています。駿太郎さん、三島丸を横から見られましたな、和船の弁才《べざい》船と違い、船尾も船首も特段反り上がっていませんな。だが、二つとも平らに甲板より高く造られている、ゆえに艫矢倉の舵場下には殿様や重臣方の御座所が設けられています。千石船、弁才船と大いに違うところです。それに三島丸には人を乗せるために船室や賄い場がしっかりと設けられていますのじゃ。つまり大名船の三島丸は異人の帆船のよきところを模して造られた和洋折衷の、いや、異国の帆船です」

利一郎主船頭が自慢げに言った。

「大名船はどれも三島丸のような造りですか」

「いえ、他の大名船はどうなっているか知りませんがそれぞれ違うでしょうな」

「利一郎さん、森藩はなぜかような船を造られました」

「豊後は肥前長崎に近く、異人と近づきがあるからでしょう。陸奥《むつ》の大名船だったら当然違いましょう。それと三島丸が異国船に倣って造られたには、それなりの曰くがありましてな。駿太郎さん、千石船と呼ばれる和船の寿命を承知ですかえ」

と主船頭が不意に問い、いえ、と駿太郎が即座に首を横に振った。

「和船は新造から六、七年で、ノミ打ちをやって釘を締めねばなりません、となるともはや新造ではなくなります。十二年めごろから船板の釘や鎹《かすがい》が利かなくなりますから大修理します。新造から二十年くらいで寿命です。大修理から二十年までの和船を婆丸《うば》と呼びます。もはや騙しだましでも船を使うのは危のうございます」

「和船の寿命はせいぜい十二年ということですか。それがし、和船に例えるならば姥丸だ」

　駿太郎がいうと、利一郎が首を振った。

「人間五十年と申しますが酔いどれ様は五十路を超えてもますます元気だ。駿太郎さんは新造船です」

　と笑った主船頭が、

「この大名船三島丸は、優に十年を超えています。異人帆船の造り方でできているから未だ外海でも乗り出せるのです。長生きの秘密の一つは、船体を支えるために船底に竜骨という背骨のようなものが一本通っているからです。和船のほうは、竜骨の代わりに船の壁などで支えられているのです」

　駿太郎は、自信たっぷりの話しぶりから、三十前と思しき利一郎が三島丸の主船頭としてなかなかの技量の持ち主だと思った。そして、この三島丸が好きでたまらないのが分かった。

「よし、めし前に船内を案内しますぞ」

利一郎が駿太郎を伴い、舵場から主甲板に下りると、足裏でどんどんと踏みしめた。

「三島丸は固定式の主甲板造りゆえ海水が容易く船内に入り込むことはありません。その代わり船室に大きな荷を積み込むことはできません、この主甲板に山積みです。ですが案じなさるな、三島丸は瀬戸内の灘を主に航行しますでな、外海に比べて穏やかなものです。野分でもないかぎり大波は食らいません」

甲板に一郎太の姿はなかった。

「瀬戸内の海を灘と呼びますか」

「摂津大坂から和泉灘、播磨《はりま》灘、水島灘、備後灘、燧《ひうち》灘、斎《いつき》灘、安芸灘、伊予灘と豊後まで主に土地ごとの名で呼ばれています。和船では内海とはいえ、そう遠くまで行くことはありませんからな。いまでは瀬戸内《せとうち》と呼ばれてますな、瀬戸とは、迫門《せと》とか、狭門《せと》から来ていて、幅の狭い海の意でしてな、瀬戸内は幅の狭い内海ということですよ」

と利一郎主船頭は、江戸の人間に会ったせいか、実に雄弁にあれこれと教えてくれた。それによると瀬戸内という包括した呼び名は最近知られるようになったらしいということが駿太郎にも分かった。

そのとき、炊き方らしい形《なり》の若い男衆が来て、

「主船頭、殿様のところに夕餉を出していいかのう」

と聞いたので、

「おお、近習頭の池端様がおられるで聞いてみい」

と応じたが、駿太郎を見て、

「駿太郎さんは夕めしを殿様といっしょに食しますかえ」

「殿様とわが父は話があるようです。それがしは皆さん方といっしょに食したほうが気楽です」

「ならば、菊次、一応池端様に確かめよ」

と応じると炊き方見習の菊次が聞きにいった。

それから四半刻、駿太郎は主船頭の案内で三島丸の三層に複雑に分かれた、船室や船倉など見て回ったが、それでもどうやら一部というのが駿太郎にも察せられた。そして、この日、最後に舳先矢倉に上がった。

「大名船の三島丸、荒れた天気の折は、見張方が立ちますのじゃ。これも和船の弁才船にはありませんな。この舳先矢倉下には水夫頭《かこがしら》の部屋と収納庫があります

のじゃ」

と利一郎が言った。

「主船頭、迷路のようで船室の廊下、なかなか覚えきれません」

「おお、異人の船の大きさはなくとも三島丸の廊下はなかなかのものでしょうな」

と言った利一郎が、なにか問いはないか、と最後に質した。

しばし沈思した駿太郎は、主船頭に問うていいことかどうか迷った。舳先には主船頭の他には駿太郎しかいなかった。

船尾側の上層の主甲板では夕餉の仕度が始まっているようだった。

「なんでもかまいませんよ。明日から十数日、われらこの三島丸でいっしょに暮らしますでな」

「主船頭、われら父子が三島丸に乗船したのは、ご家来衆には迷惑だったのでしょうか」

駿太郎の問いに利一郎は格別驚いた風はなかった。

「大名船の頭は、お一人です。久留島の殿様だ。そのお客人の赤目様を迷惑だなんて思う輩が厄介ですな。わしら船乗りは、代々の家臣方とは違い、見ず聞かず話さずですよ。駿太郎さんはお気づきですかね、三島丸には、森藩の国家老一派と、江戸藩邸一派のふたつが乗っておりましてな」

と苦笑いした。

そのとき、最前の炊き方見習の菊次が、

「主船頭、夕めしじゃぞ」

と呼びにきた。

第三章　瀬戸内船旅

一

駿太郎は創玄一郎太とともに船頭衆の大部屋、中層甲板で夕餉を食した。この場に主船頭の利一郎以下、十三人が顔を揃えていた。

利一郎が、

「明朝、頭成に向けて出帆する。今晩は酒を許す、以後頭成に着くまで酒は厳禁」

と短くも明確に命じた。すると助船頭弥七以下が、

「畏《かしこ》まって候」

と受けた。

駿太郎は、豊後森藩の御座船三島丸の船乗りたちを利一郎がしっかりと把握して信頼を得ていることに感心した。

三島丸は森藩の所有船だが、主船頭以下船乗りは家臣ではないと駿太郎はすでに承知していた。船頭の利一郎を中心に別の主従関係を保っているのだ。

「駿太郎さんは酒を飲まぬそうですが、父上小籐次様の命ですか」

利一郎が茶碗酒を手に聞いた。

「それがし、今年の春に元服をしたばかりの十四歳です」

「おお、駿太郎さんの体と落ち着いた言動をみておれば、つい十四という歳を忘れてしまいますな」

利一郎が苦笑いした。

水夫のなかには驚きの顔もあった。

「それに酒を飲みたいとも思いません。なにしろ父の酒を見てきましたので、親子で張り合うなど考えたくもありません」

駿太郎が利一郎の問いに答えると、

「それは惜しい。わしは十一、二で盗み酒をして、親父にこっぴどく殴られた。以来、酒が勝手にわしの喉に通りよる。そのうち、駿太郎さんも大酒飲みになりますぞ」

と助船頭弥七が笑いながら予言した。

「父は心から酒が好きというより、かような和気あいあいとした趣の酒宴が好きなのではありませんか」

「駿太郎さんや、酒好きはそれぞれ言い訳を持っております。酒の香りが好き、のどを過ぎる折に感じる味がなんともいえんとか。あるいは酔ったときの心持ちがいいとか、なかには酒が覚めるときが好きだという者もいる、曰くもあれこれです。駿太郎さんもそのうち酒好きになるかもしれませんぞ」

と利一郎が言った。

「赤目小籐次は、それがしの実の父ではございません」

「そうか、血は繫《つな》がっておられないのか」

と別の水夫が応じた。

利一郎は赤目一家のことを承知の様子で頷いていた。

「母上も実の母とは違います。それがし、両親がふたりで囲炉裏端で酒を酌み交わすのを見るのは好きです。その折、父と母は一合五勺ほどの量をゆっくり楽しんでいます」

と駿太郎が告げた。

「おお、酔いどれ小籐次様とおりょう様とはさような酒を楽しんでおられますか、それは酒飲みが行きつく極みですぞ。わしらは未だ赤目様夫婦には遠く及びませんな」

利一郎が感嘆して手の茶碗酒を掲げてみせ、ゆっくりと喉に落とした。

「船乗りは家にいるのが一年のうちに数えるほどよ、いつの間にか子どもの数が増えておるわ。かみさんと囲炉裏端で酒なんぞ飲んだことはないな」

一番年長と思える弥七が言い、

「赤目小籐次様のおかみさんは森藩のお女中かね」

と駿太郎に質した。

「助船頭、酔いどれ様の奥方は歌人よ、わしはな、偶々《たまたま》芝居小屋で見かけたことがある。絶世の美形じゃぞ」

「主船頭、かじんってなんだな」

「三十一文字《みそひともじ》って分かるか、助船頭」

「なに、みそがどうしたって」

「うーむ、わしもよう分からん。ともかくよ、若くて利発で美形ということよ」

「待て、待ってくれ、主船頭。酔いどれ様が剣の達人というのは天下に知られているな。だがよ、年寄りのうえにあの武骨な大顔じゃぞ。その酔いどれ様の女房が若くて利発で美形じゃと。そんな話、ありか。うーむ、駿太郎さんよ。血のつながらねえおっ母さんはほんとに美人か」

「父は、自分の顔をもくず蟹を踏みつぶしたような大顔といっています。ご一統様が見てのとおりです。母上ですか、美人かな」

駿太郎が一郎太に助けを求めて見た。

茶碗酒を啜《すす》るように飲んでにここにこして船乗りたちの問答を聞いていた一郎太が、

「おりょう様ですか、酔いどれ様には勿体《もったい》ないほどの上品なお方です。そのおりょう様に最初に惚れたのは酔いどれ様だそうですが、いまでは赤目小籐次様と相思相愛のご夫婦ですよ」

「ふーん、片方はもくず蟹、片やなんだって、かじんか。駿太郎さんのお父つぁんとおっ母さんは妙な夫婦だな」

「はい。倅のそれがしがいうのもなんですが、妙な夫婦です」

「駿太郎さん、決して妙な夫婦ではありませんよ、上様にも拝謁した赤目一家の主夫妻は天下に並びなきご夫婦です。そんなおふたりが囲炉裏端で二合ほどの酒を晩酌で酌み交わす、羨ましい光景ではありませんか」

と一郎太がもはや酒に酔ったか力説した。森藩の家臣たちと夕餉を食するより水夫たちや駿太郎といっしょにいるほうが一郎太は嬉しそうだった。そこへ与野吉が姿を見せると、

「駿太郎さん、殿様の船座敷では話がようやく終わったようです。ただ今夕餉を始められたところです」

と報告した。

「与野吉さんは未だですね」

「はい、私は池端家の代々の奉公人、主は池端恭之助です。殿様どころか家臣方と酒食をともにするなど許されておりません」

駿太郎はふと思った。

参勤交代に与野吉のように陪臣として加わっている者は他にもいるだろうかと。主の池端恭之助は江戸藩邸定府であり、与野吉も当然池端家の役宅住まいだろう。この主従は格別な役目を負わされて、こたびの参勤交代に加わっているのではないか。つまりこの道中に赤目父子が加わっていると同じ曰くではないか。

駿太郎はそんなことを漠然と考えた。

「与野吉さん、こちらでいっしょに夕餉を食しませんか。主船頭、宜しいですね」

「うちは一人ふたりふえてもどうといったことはありませんでな」

と直ぐに座が設けられ、水夫から与野吉に茶碗酒が渡された。

「いいな、この場は」

と思わず与野吉が洩らした。

そんな一語を聞いた駿太郎と一郎太は、殿様と小籐次と池端三人の内談は、深刻な雰囲気だったかと推量した。

「与野吉さんは森城下を訪ねたことがあるそうですね」

と話柄を変えた。

駿太郎だけが茶を喫しながら、酒を飲む船乗りたちと話していた。

「ええ、訪ねました」

と返答した与野吉が、

「池端家は江戸定府ですよね。ためにわが主も豊後の森城下を詳しくは知りません。何年も前に参勤交代に従い、一度国許を訪れただけです。こたびの参勤下番に近習頭の主も同道するように殿様に命じられ、前もって森藩の所領を見てくるように私が下見に行かされたのです」

と言い添えた。

池端恭之助らしい慎重な指示だと駿太郎は感心した。

「森城下はどんなところでしたか」

「なんとも穏やかで長閑《のどか》な所です」

与野吉が駿太郎の問いをするりとかわして答えた。

駿太郎からの問いに一座の前では返事がし難いように思えた。そして、利一郎らもこの話に関わらぬようにしていると思えた。

「そうか、池端主従もわが父も森藩のことをよく知らぬ者ばかりですか」

と応じた駿太郎は、

「主船頭方は森藩ではどちらで過ごされるのですか」

と利一郎に話の相手を求めた。

「わしらは、三島丸のおるところが住まいでな、辻間村の頭成の湊で過ごします」

「参勤交代で江戸に向かうのはおよそ一年後ですよね」

へえ、と答えた利一郎主船頭が、

「森藩の参府ですがな、いつもは四月、御暇は一年後の四月が習わしです。ですが、こたびは珍しく五月御暇でしたな」

と言い添えた。

「ふだんの御暇とは時節が違いましたか。頭成で次の参府まで待つのですね」

「わっしら、参勤交代の御座船の操船だけが仕事ではありませんでな。頭成にある折は、荷船で藩特産の明礬《みょうばん》を大坂の蔵屋敷に運ぶ仕事など、雑用があれこれとございます。そんなわけで、飛地の頭成から山に入った森藩城下も陣屋もわしらはよう知りませんのじゃ」

と応じた。

駿太郎は、みょうばんがなんなのか理解つかないまま、

「飛地と森藩の陣屋は離れているのですか」

と質していた。

「海を離れて山道を丸々一日、大名行列は一泊二日の旅程で玖珠郡の領地森城下に向かいます。参府の折は、森陣屋から頭成は下り道ゆえ、早朝に出て夕刻に飛地に着くと聞いております」

水夫たちはかような話はふだんしないようで、茶碗酒を飲みながら聞いていた。こたびの参勤交代には格別な懸念が隠されていると察した駿太郎はあれこれと問うた。

「久留島の殿様のご先祖は村上水軍の出と聞いていますが真ですか」

「駿太郎さん、間違いないぞ。わしらも頭成で幾たびも森藩の代官に自慢話を、いや後悔話かな、聞かされましたからな。後悔話というのは久留島の先祖が海から山に転封されたことです」

利一郎の説明に頷いた駿太郎は、

「父が祖先から受け継いだ来島水軍流は、村上水軍に伝わる武術と聞かされております。こたびの船旅で村上水軍のゆかりの地を訪れますか」

「訪れますぞ。そうか、酔いどれ小籐次様の剣術は伊予水軍とも呼ばれる村上水軍が源でしたか」

と利一郎が関心を示した。

「源を辿ればそのようです。ですが、父がそれがしに教えてくれた来島水軍流は、代々赤目家に伝わるうちに伊予水軍の武術とは大きく変わったと思われます。わが父が森藩の下屋敷で厩番を務めながら、独創の剣術を編み出したのです」

「満天下を驚かした酔いどれ流剣術は江戸藩邸下屋敷で成りましたか。駿太郎さんがこたびの旅で関心をもたれるのは、伊予水軍のゆかりの地を訪ねることですかな」

「利一郎さん、こたびの参勤交代同道は、父といっしょに殿様から直に命じられました。その折、それがし、伊予水軍の武勇の海や島を見てみたいと考えました」

「ならば備後灘に浮かぶ三嶋には水軍が崇めていた大山祇《おおやまづみ》神社がありますし、伊予の今治《いまばり》にはその名も来島、伊予水軍、村上水軍が拠点とした島がありますぞ。この三島丸をどこの湊や島に着けるか、主船頭の、わしの裁量ひとつですでな。駿太郎さん、必ずや三嶋と来島には停泊するようにします、楽しみにしておりなされ」

利一郎の説明は駿太郎ひとりを相手に滑らかだった。

夕餉が終わるころ、利一郎が、

「駿太郎さんは、船旅の間も稽古がしたいようですな」

「はい、剣術の稽古をしないと三度三度の食事が美味《うま》くありません。それに一日体を動かさぬと、その分を取り返すのに三日はかかります」

「十四歳で酒に溺れず、剣術に取りつかれましたか。駿太郎さんが独り稽古するにはどれほどの広さがあればようございますな」

と主船頭が駿太郎に聞いた。

「むろん広ければ広いほどあれこれと稽古が出来ますが、さように都合のよいところばかりではありません。船べりにそれがしが立つだけの広さがあれば、海に向かって素振りをして独り稽古をします」

と答えると、利一郎が何ごとか考えていた。

「主船頭、それがし、体を動かしているのが好きなのです。三島丸でそれがしができる仕事はありませんか。ご一統の邪魔にならないように手伝いたいのです、力仕事は任せてください」

「主船頭、頼もしい仲間がひとり増えましたな」

と助船頭の弥七が満足げに笑った。

その夜、駿太郎と一郎太は水夫たちの寝起きする大部屋の控えの間、三畳ほどの広さの板の間にごろ寝をした。

いつもは助船頭の弥七の寝起きする場を駿太郎らのために空けてくれたのだ。

一方、与野吉は主の池端恭之助の船室近くに寝ると言って船乗りたちの大部屋から主甲板に戻っていた。

「駿太郎さん、厄介な旅に誘われたようですね」

「それは一郎太さんもいっしょでしょう」

「それがしは森藩の御徒士です。つまり家来ですからどのような命にも従わねばなりません。最前、三島丸の船頭衆の話を聞いていて、あの者たちが羨ましくなりました。一見森藩の下働きのようで、主船頭の利一郎以下、水夫、炊き方にいたるまで三島丸の操船をすることで絆を持ち、信頼し合っていますね。命を張った者同士の強みですか、それを感じました」

「同感です。旅に出ると教えられることばかりですね」

と応じた駿太郎は、創玄一郎太の表情が望外川荘の稽古の折に見せるのとは違い、口数も少ないと思った。

「大坂の船問屋で会って以来、ふたりだけで話をする機会はありませんでしたよね。一郎太さんは森藩城下や陣屋をどのていど承知ですか」

「なにが知りたいですか、駿太郎さん」

「森藩城下には国家老を頭分にした一派がいて、江戸藩邸派と対立しているとか。

かような話をなすのは嫌ですか」

「駿太郎さん、それがし、江戸藩邸におるとき、自分の身分が下士、御徒士であることをさほど意識したことはありませんでした。ですが、こたびの参勤下番の一員に加えられ、東海道を下ってくる折、嫌でも思い知らされました」

「どういうことですか」

「駿太郎さん、それがし、文政六年、二十三歳の折、初めて江戸出府を命じられました。それがしのような下士がなぜ出府を命じられたかよく知りません。そのうえ、江戸藩邸に残されたのです。森城下にいたときも江戸藩邸に残されたあとも、政《まつりごと》とは無縁に過ごして参りました。それが参勤行列に加わった途端、国家老一派からも江戸藩邸派からも誘いが掛かりました。それがし、藩主久留島通嘉様の家臣にございますと、どちらの派のお方にも答えましたが、一方からは『さような考えで国許入りができると思うてか』と蔑まれ、もう一方からは、『大坂にいけば嫌でもどちらかに与《くみ》するしか途はないぞ』と言われました」

「驚きました。森藩の内紛はそれほど激しいものですか」

「大坂蔵屋敷に着いて国家老一派が格段に多くなったようです。とはいえ、それがしのような御徒士をどちらかの派に名を連ねさせて、なにか物の役に立つのでしょうか」

「さてどうでしょう」

駿太郎は曖昧に答えた。すると、

「駿太郎さん、上士池端家の家禄を承知ですか」

と一郎太が突然話柄を変えて問うた。

「池端恭之助さんの家禄ですか。家格が上士とすると、三百石を下ることはありますまい」

「森藩の石高は一万二千五百石です。西国の大名家のなかでは最低の部類ですね。ということで家老職が三百石から四百石、池端家の家禄は百石を少し超えた程度です」

「まさか」

「はい、そうなのです。江戸では公儀の御家人や町奉行所の与力ですら百石以上は頂戴していましょう。江戸と在所はまるで違うのです」

と一郎太が洩らした。

駿太郎は混乱する頭で、いつも父が言っていた森藩下屋敷の厩番が年給三両何分、それも支払いがまともにあったことはないという言葉を思い出していた。

「創玄家の知行は七石二人扶持です。江戸でとても口にできません」

と一郎太が嘆いた。

駿太郎は言葉を失っていた。

「江戸定府の家臣と国許の森藩領で暮らす家臣の間に大きな溝が出来て対立するのが何ゆえか理解するには、在所の貧しさを知らなければなりません」

なにか答えようとしても駿太郎の頭に考えが浮かばなかった。そして、父を頼みにして参勤下番の行列に加えた久留島通嘉の難儀は、かなり厄介なことだと駿太郎は改めて思った。

「聞いてよいですか」

「なんなりと、でもそれがしが知ることはわずかなものです。答えられることは正直に答えます」

「森藩にはみょうばんがあると最前主船頭の利一郎さんが申されましたね、みょうばんってなんですか」

駿太郎は明礬の字が浮かばなかった。

「明礬ですか」

と応じた一郎太が矢立を取りだし、明礬の二文字を書いてみせた。一郎太は幾たびもこの二文字を書いてきた様子ですらすらと認《したた》めた。

「字も難しいですね。一体どんなものですか」

「森藩の飛地にて産する石のようでありながら、水に溶けるものです。ただ今では御手山《おてやま》として藩が独占しております。海から山への参勤行列の道筋ゆえ、駿太郎さん、明礬がどのようなものか実際に見てください」

との一郎太の説明に頷いた駿太郎はさらに問うた。

「明礬はどのような役に立つのでしょう」

「なんでも皮のなめしとか染色にも用いるし、怪我の治療、血を止めるのに役立つそうです。この明礬が採れるのは和国のなかで森藩だけと聞かされております」

一郎太の説明を聞いても明礬がどのようなものか駿太郎は頭に浮かばなかった。

「ここからはそれがしの推量です。間違いかもしれません」

と断わった一郎太が、

「国家老一派が殿をないがしろにして力を蓄えたのはこの明礬を売買した利の一部を不当に得ているからではありませんか」

「ありえますね。ということは殿が父を頼りにされて参勤行列に加えられたわけは、明礬の不正を明らかにすることでしょうか」

と一郎太の推量に応じながら、いささか安直な話ではないかとも思った。

一郎太も駿太郎の問いに即答できなかった。

しばらく考えていた一郎太が、

「わが藩は貧乏なのかそれとも不正が起きるほどの金子を得ているのか」

と呟くように言った。

しばしふたりは沈黙していたが、

「森陣屋に参れば分かるというような話ではなさそうですよね、殿は赤目小籐次様を頼りにされています。ということはわれらが考えるほど容易い話ではない」

と一郎太が自問自答した。

「一郎太さん、明日から船旅が始まります。日にちはわれらの前にいくらか残されています。じっくりと考えましょう」

「そうしますか」

「明日、剣術の稽古ができるといいな」

という駿太郎の言葉に一郎太からの返答はなく、寝息が聞こえてきた。江戸を出て以来、緊張のし通しで心身ともに疲れているのだろう。

駿太郎も両眼を閉じた。

二

翌未明、大部屋の物音に駿太郎は飛び起きた。だが、一郎太は未だ鼾をかいて夢のなかにいた。

駿太郎は大小を部屋に残し、木刀だけを手に大部屋に向かった。すると水夫頭の秀吉《ひできち》が、

「おお、昨夕の申し出は本気か」

「むろんです。それがし、力仕事でもなんでもやれます」

「そうか、力仕事な、船はどれも力仕事じゃが、神楽桟《かぐらさん》を使っての帆揚げ帆下ろしがいちばん力を使うな。茂《しげる》、駿太郎さんといっしょに帆揚げをやってみろ」

と若い水夫のひとりに命じた。茂と呼ばれた若者には、すでに主船頭から指示が出ているような気配だった。

「水夫頭、神楽桟とはなんですか」

「おお、駿太郎さんは神楽桟が分からぬか。船具の一つでな、巻胴《まきどう》、轆轤棒《ろくろぼう》、轆《ろく》

轆座、身縄、飛蟬などからなっておりましてな。ああ、そうだ、井戸のつるべの大きなものと思えばいい。口で説明するより茂が見せてくれるぞ、駿太郎さん」

と秀吉が言い、

「はい、お願いします」

と駿太郎は茂に頭を下げた。

若い水夫は駿太郎より十歳は年上か、背丈は駿太郎より頭ひとつ低かったが体付きはがっしりと鍛えられていた。

「駿太郎さんと働けるか、おれ、うれしいぞ」

と茂が快く受け入れて、

「その形《なり》じゃあ、船甲板で働くのは危ないでな、仕事着に着替えてもらってかまわんか」

大坂の船問屋で森藩の家臣のような形を赤目父子はさせられていた。駿太郎は、こんな形より稽古着か作業着のほうが断然好きだった。

「かまいません」

「駿太郎さんのような背高はわしらの仲間におらん。そうじゃ、長崎で購《あがな》った古着のなかに唐人の作業着があったたな。あれならば駿太郎さんも着られよう」

と秀吉が茂に持ってくるよう命じた。

茂が大部屋の隅に設けられた納戸から水夫らと同じような筒袖と股引を出してきた。

「古着ですが洗ってありますぞ」

と渡された上下に駿太郎は素早く着換えた。誂《あつら》えたようにぴたりと駿太郎の体に合って動き易かった。

「おお、ぴったりじゃ。そうだ、足元はわしらが使う船足袋《ふなたび》を履いてみないか」

一見武者草鞋《わらじ》のような履物の皮紐を茂が結んでくれると、新米の水夫が出来上がった。

そのとき、大部屋に助船頭弥七が入ってきて、

「いいか、頭成まで無事に着くよう気を抜くな」

と鼓舞すると、

「畏まって候」

と水夫一同が和し、駿太郎も真似た。

どうやら利一郎の配下の水夫は、主船頭と助船頭の命には、

「畏まって候」

と返事するのが習わしかと駿太郎は思った。

水夫七人が主甲板に上がった。むろんこの数に駿太郎は入っていない。

七つ半（午前五時）時分か、東の空が白んでいた。

御座船三島丸の船体が橙色に染められてなんとも美しかった。

「出船用意」

との主船頭の命が艫矢倉の舵場から発せられた。

「畏まって候」

水夫それぞれが持ち場に就き、茂が駿太郎を神楽桟に連れていった。

「駿太郎さんよ、いいか、これが神楽桟よ。大型万力《まんりき》でな、優れもんぞ。頑丈にできとるが三島丸の帆は重いでよ、しっかりと腰を入れて轆轤棒を回さんと腰を痛めるぞ」

と注意した茂が、

「ほら、帆柱の突端に滑車《せみ》がついておるのが見えるか、この巻胴に身縄を巻きつけて揚げるからよ」

と駿太郎に説明した。

「主帆拡帆」

舵場から主船頭利一郎の声がして茂と駿太郎は轆轤棒を摑んで叫んだ。

「畏まって候」

「わしの動きに合わせてくれんね、駿太郎さん」

「畏まって候」

と応じた駿太郎に、

「駿太郎さんよ、おれには、畏まって候はいらん」

「茂さん、それがしの名、呼び捨てにしてください」

「なに、呼び捨てでいいか。ならば、おれのことも茂と呼べ、駿太郎」

「はい」

ふたりが轆轤棒を回し始めた。それまで停止していたはずみ車は駿太郎が考えていた以上に重かった。

他の水夫らは主帆の巻き込まれた帆桁の両端を持ち、茂と駿太郎が回す神楽桟の動きに合わせて持ち上げていく。

ふたりの若者が気持ちを合わせて轆轤棒に力を籠めるとはずみ車が動き、帆桁に巻かれていた帆が少しずつ広がっていった。

「風を孕《はら》んだ帆に重さが加わるでな、駿太郎、気を抜くな」

「おお、畏まって候」

「畏まって候はいらん」

「は、はい」

三島丸は、和洋折衷で造船された帆船ゆえか、横帆も和船の弁才船といささかかたちが違って縦長に見えた。

急に重さが増した。

駿太郎は茂の体や腕の動きに合わせながら轆轤棒を回していく。異国製の神楽桟が機能して大きな船体の三島丸に広い一枚帆が風をはらんで息吹を与えた。轆轤棒が急に止まった。茂が身縄を神楽桟に結んだからだ。

舳先の弥帆が加わった三島丸に朝日があたり、

（美しい）

と駿太郎は思った。

森藩の御座船、異人船に似た三島丸が大坂の内海を西に向かって船足を早めていく。

駿太郎は研ぎ舟を毎日のように操り、望外川荘から芝口橋の紙問屋久慈屋を始め、各所へ研ぎ仕事に通っていた。ゆえに江戸の隅田川や内海にはなれていた。

だが、さすがに大坂の内海を帆に風をはらんで進む和洋折衷の御座船に乗ったのは初めてで、蛙丸の乗り心地とはまるで違った。

「どうだ、三島丸は」

「海の上を突き進む三島丸の乗り心地は豪快ですね、わくわくします。茂さん、西国の大名衆はどこもかような船を所有していますか」

最初の仕事をし終えて安心した駿太郎は、茂さんと敬称をつけて呼んだ。

「駿太郎さん、西国九国は初めてだったな。九国はなんといっても七十二万八千七百石の薩摩の島津様が大大名よ。それに比べたらな、森藩は一万二千五百石、話にもならないな。それによ、大きな声ではいえんが久留島の殿様は貧乏大名のくせに見栄っ張りの派手好きでな、この三島丸も森藩に相応とは言い難いな。こいつも長崎の造船場に頼んで造らせたものよ」

「えっ、久留島の殿様は見栄っ張りですか」

「江戸では、城なし大名と蔑まれていなさるというが、江戸を離れると途端に人柄が変わるそうだぜ。何年も前の参勤交代の途中、他領ででかい石灯籠を見てな、家来にそれより大きな石灯籠を造らせて森の神社に据えるよう命じたそうだ」

駿太郎は、そんな久留島通嘉が信じられなかった。父の小籐次も、千代田城の詰めの間の同輩大名に城なし大名と蔑まれた殿様のために命を張って「御鑓拝借」を成し遂げたのではなかったか。見栄っ張りの殿様のために、父が話に聞く騒ぎを起こしたとは思いたくなかった。

「さて、次の仕事だぞ」

「次も力仕事ですか」

「いや、三島丸で帆を揚げ下ろしする以上の力仕事はないぞ。舳先の甲板下に積まれた荷の一部を階下の中層船倉に仕舞いこむのさ」

茂は舳先の甲板下に駿太郎を連れて行き、積まれた荷を見せた。

「この荷はなんでしょう」

桐油紙で梱包されてさらに莫蓙《ござ》で覆われた荷は、四尺四方の箱形だった。

駿太郎は手で荷の横腹を叩いてみた。軽く叩いてみたくらいではびくともしなかった。

「荷の中身がなにかおれたちは知らないことになっているんだ。安芸《あき》の広島藩や頭成の御用商人小坂屋に届ける荷だな」

と言った茂は、

「駿太郎さん、この荷を一緒に少し動かしてくれないか」

と願った。

一つの荷は茂と駿太郎でなんとか抱え上げられた。そんな荷を両舷の船べりに移していくと、それまで荷積みされていた主甲板に一間半四方の収納口が切り込まれてあるのが駿太郎にも分かった。船尾の主甲板にもこれと同様の収納口が設けられていて、中層と下層の船倉に荷を収納する折に使うという。

「三島丸は和船と違い、波を被っても中層甲板や下層甲板に水が入らないような水密甲板の造りなんだよ。この下にいま動かした荷を下ろすぞ」

茂は収納口の蓋を一枚一枚揚げる要領を駿太郎に教えた。

厚板で出来た蓋を組み合わせると甲板に流れ込んだ波は一滴も入らない仕組みになっていた。

茂は舳先矢倉下の格納庫から三本の鉄柱を取り出すと収納部の穴に建てた。

鉄柱には滑車が装着されており、荷一つ一つを縛った縄目に鉤《かぎ》を差し込んで、茂が滑車の紐を操作すると浮き上がった。

手慣れた手際だった。

そのとき、拡帆作業を終えた水夫たちが助勢に加わった。

たちまち十数個の荷は中層船倉に下ろされて主甲板の収納口の蓋が閉じられた。

すると茂が、

「駿太郎さん、この広さがあれば剣術の稽古はできるか」

　と訊ねた。

「えっ、最前の荷下ろしはそれがしの剣術の稽古場を作るための作業でしたか。なんとも相済まぬことでした」

　と詫びた駿太郎は、主帆柱の下に置いていた木刀を取ってくると、ゆっくりと素振りをしてみた。

「ご一統様、打ち合い稽古もできそうです。お礼の言葉もありません」

と感謝の気持ちをこめて駿太郎が頭を下げた時、今朝控えの間に置いてきた創玄一郎太が浮かぬ顔をして姿を見せた。

「どうしました、一郎太さん」

「寝過したせいで船奉行支配下の佐々木《ささき》弁松《べんまつ》様にこっぴどく叱られました。『江戸藩邸の下士はさようにだらけた奉公をしておるか。国許ではさような怠惰は許されておらぬ。かような真似をなすならば、殿に申し上げて江戸にそのほう一人追い返す』とのきついお叱りにございました」

　と告げた。

「それはえらい目に遭いましたね。それがし、一郎太さんがあまりにも気持ちよさそうに寝ているものですから、つい声を掛けませんでした。すまないことをしました」

と駿太郎が詫びると、茂が、

「船奉行三崎義左衛門様の一の子分、告げ口弁松ね。あいつは、上には弱く下には厳しい野郎でね、なんでも伊予水軍流の剣術の達人と自慢している輩です。おれたちは、あいつから幾たび嫌な目にあわされたか、数えきれませんぜ。気にしないこった」

と言った。

「いや、こたびのことはそれがしが悪いのだ。叱られても致し方ない」

と一郎太は悄然とした表情で自信を喪失しているのが分かった。

「一郎太さん、気分を変えるには剣術の稽古が一番の薬です。船に竹刀は積んでありませんか」

「駿太郎さんよ、何本竹刀が要るよ、四本もあればいいか」

茂が一郎太に代わり答えた。

「それがしと一郎太さんの稽古です。二本あれば十分です」

よし、と言い残した茂が主甲板から消えたと思ったら、鉢巻きを締めて胴までつけて戻ってきた。

「おい、駿太郎さんを相手に稽古をする気か。告げ口弁松に教えてやろうか」

茂の形を見た秀吉が言った。

「水夫頭、おりゃよ、赤目小籐次様と駿太郎さんが御座船に乗ると聞いたときからよ、酔いどれ小籐次様は無理でもよ、駿太郎さんならば、なんとか稽古の真似事に付き合ってくれるんじゃないかと考えていたんだよ」

「呆れたな、茂、主船頭の許しを得てこい」

首を横に振った水夫頭が艫の舵場を差した。

「水夫頭よ、まずは駿太郎さんと一郎太さんの打合いを見てからでいいだろう。おれが主船頭に断わりにいくのはよ」

茂が手にしていた竹刀をふたりに渡した。

一郎太が羽織を脱ぐと水夫の作業着を着た駿太郎に、

「駿太郎さん、このところ参勤行列に同行することが決まり、稽古を怠けておりました。お手柔らかに願います」

と力のない言葉で願った。

「畏まって候」

「えっ、まさか本気じゃないでしょうね」

返事を聞いた一郎太が驚きの言葉を発した。

「本気で打ちかかって下さい。手を抜いているとみたら反撃します。よいですね、一郎太さん」

駿太郎にここまで言われては一郎太も本気にならざるを得ない。

「よし、今日こそは一本とるぞ」

竹刀を正眼に構えたと思ったら、いきなり飛び込み様に駿太郎の胸に突きを入れた。が、駿太郎が、腰の浮いた構えのままの突きをひょいと体の向きを変えて避けると、

「おっとっとと」

と一郎太が言いながら荷物の壁に自らぶつかって止まった。

「茂、どうだ。駿太郎さんの動きを見て、おまえ、まだ稽古をつけてもらう気か」

と水夫頭の秀吉に問われた茂が、

「一郎太さんのはひとり相撲だな。おりゃさ、じっくりと駿太郎さんの動きを見

て攻めるから大丈夫だよ」

と言った。

水夫たちが見物している前での稽古に一郎太は、いささか上気していた。

「一郎太さん、呼吸を整えて気を鎮めてください。よろしいですね」

駿太郎に言われた一郎太が幾たびか深く息を吸い、吐き出した。そして、再び正眼に構え直した。

駿太郎はアサリ河岸の鏡心明智流の年少組の稽古を思い出しながら、竹刀を相正眼に置いた。

「おお、なんとなく剣術の稽古らしくなったな」

と茂が身を乗り出した。

一郎太は、身を捨てる覚悟と己に言い聞かせながら、

「駿太郎さん、参ります」

と宣言し、

「面」

と発すると飛び込み面を揮《ふる》った。駿太郎は弘福寺道場での稽古から、一郎太が面打ちを繰り返すと思わせて、不意に胴狙いに変化させることを承知していた。

だが、船上では一郎太は面打ちを繰り返した。

駿太郎は、その場で竹刀を軽く振るって面打ちを弾き続けた。

面の連打ののち一郎太の攻めが変化した。

駿太郎の一見隙だらけの胴へと竹刀が振るわれた。

なかなか鋭い胴打ちだが、一郎太の動きを承知の駿太郎の竹刀が一郎太の竹刀を抑えて、ぽん、と押し返した。

「ううっ」

と唸った一郎太が面打ちの構えに戻し、弾かれようと押し返されようと必死の攻めを繰り返した。

「おお、一郎太さん、なかなかやるな」

と茂が思わず呟き、

「それ、もう一本」

と鼓舞した。

だが、一郎太の腰は完全に浮き上がっていた。限界と察した駿太郎の軽やかな小手打ちに竹刀を取り落として、

「あ、痛たた」

と腰砕けに主甲板にへたり込んだ。

「駿太郎さん、四半刻は攻め続けましたよね」

と弾む息の下から一郎太が問い返した。

「いえ、四半刻どころか、立っておられたのは刹那《せつな》です」

と告げられた一郎太が、

「えっ、刹那ですと」

と愕然として周りを見廻した。茂たちが親指と人さし指の間にうすい隙間を作って一郎太に見せ、がくがくと頸《くび》を縦に振った。

「一郎太さん、少しお休みになっていてください。その間、茂さん、稽古をしましょうか」

「へっへっへへ。いよいよ真打登場」

と言ったとき、

「水夫ども、気が弛《ゆる》んでおらぬか。殿のお召船のなかで剣術ごっこか」

と叫び声がした。

「ああ、告げ口弁松だ」

と思わず茂が洩らして、現れた男が、

「水夫め、ただ今なんと申した。そのほう、当分立ち上がれぬように叩きのめしてくれん」

と腰の大刀を抜くと峰《みね》に返した。

それを見た駿太郎が、

「お待ちくだされ」

「なんだ、そのほう」

「それがしの稽古場を設《しつら》えてもらった座興にございます。どうかお見逃しくだされ」

「そのほうが赤目駿太郎か」

「はい。お見逃しくださいますか」

「そのほう、来島水軍流なる妙な剣術を使うそうな。伊予水軍の武術にはさような流儀はない。森藩を訪ねるそうじゃが、ご領地にてとくと学び直せ。そのうえで当藩の厩番であった者が編み出した来島水軍流など名乗らぬことだ」

「どなたか存じませぬが、それがしに対しなんと申されようと構いませぬ。伊予水軍の流れを継承した父が新たに独創した剣術です、また父は森藩を辞して長い歳月が経過しています。どのような流儀名を名乗ろうと勝手次第にございましょう」

「若造、抜かしおったな。佐々木弁松、聞き捨てならぬ」

竹刀しか手にしていない駿太郎に本身を構えてみせた。

「おやおや、相手がどのような道具を携えているかさえ見えませぬか、弁松どの」

「おのれ」

と喚いた佐々木弁松が片手に構えた刀にもう一方の手を添えて駿太郎との間合を見た。

「おいでなされ、告げ口弁松どの」

「許さぬ」

弁松が踏み込んで本身を不動の駿太郎の肩口に叩き込んだ。

その刹那、駿太郎の竹刀が躍って間合を詰めた佐々木弁松の喉元を軽く突いた。

「ぎえっ」

と絶叫した弁松の体が後ろに飛んで積み荷にぶつかり、甲板に崩れ落ちて気を失った。抜いた刀は体の傍らに転がっていた。

駿太郎が茂に視線を移して、

「お待たせしました」

と稽古の再開を告げると胴までつけた茂が、

「し、駿太郎さん、じょ、冗談だよ。この形はさ」

と言い訳を始めた。

一郎太や水夫頭の秀吉らは茫然として言葉を失っていた。

三

「駿太郎さん、弁松をこのままにしておいていいかね」

と水夫頭の秀吉が案じた。

「ご一統は持ち場にお帰りください。喉元の突きは手加減してありますから大したことはありません。そのうち気をとりもどしましょう。それがしがその折、応対します」

と駿太郎が言った。

一郎太も秀吉らもただがくがくと頷いて、三島丸の主甲板に設けられた剣術の稽古場から消えた。

駿太郎は、気を失った佐々木弁松のかたわらで素振りを始めた。

どれほど時が経過したか、駿太郎が額にうっすらと汗を掻いた頃合い、小籐次が姿を見せた。おそらく一郎太が小籐次に告げたのだろう。

「こやつが佐々木弁松か」

「はい」

小籐次はやはり一郎太から事情を聞かされていた。

三島丸は未だ大坂の内海を進んでいた。

左方に見える大きな島の海岸と山をちらりと見た駿太郎の視線に気付いた小籐次が、

「淡路島よ。瀬戸内のなかでもいちばん大きな島だ」

と教えた。

「阿波への道、という意でしてね、それで淡路島と呼ばれるそうですぜ」

と声がして、三島丸の主船頭利一郎が姿を見せた。水夫頭からこちらも報告を受けてのことだろう。

「主船頭、船のなかで騒ぎを起こして申し訳ございません」

駿太郎が詫びた。

「経緯は水夫頭から聞きましたぜ。船のなかの出来事は一応わっしも知っておきたいのでな、確かめにきただけですよ。それにしても、弁松め、相手を考えろと言いとうございますね」

と応じたが、その視線は床に落ちたままの佐々木弁松の抜き身を見ていた。

小籐次が佐々木弁松の上体を起こし、背中に膝で活を入れた。

ううん、と唸った弁松が、

「の、のどが痛いぞ。若造と思って油断をした」

とだれに言い訳しているのか、辺りを見回して駿太郎と利一郎に気付いて狼狽《ろうばい》した。

「お、おのれ、許せぬ」

と立ち上がりかけた弁松の後ろ帯を摑んだ小籐次が引き戻し、

「止《や》めておけ」

と命じた。

「そ、そのほう、何者か」

とのろのろと後ろを振り返った弁松が、

「ああー」

と悲鳴を上げた。

「赤目小籐次、ときに酔いどれ小籐次と呼ばれる爺よ」

「ゆ、許さぬ」

「どうする気か」

と小籐次が質し、弁松は辺りを見回した。その様子を見た主船頭が、

「佐々木様よ、床に転がった刀がすべてを物語っていないか。おまえさん、刀をうちの水夫に向けたそうだな。一人前のお武家がすることっちゃねえな。そのうえ、駿太郎さんに止められ、この際とばかり刀の切っ先を向け直した。駿太郎さんが十四歳と聞いて高をくくったか。いいか、天下の酔いどれ小籐次様が父御だぜ。そんな駿太郎さんの若武者ぶりは、公方様も承知でよ、拝謁も許されているそうな。そんな父子だ、言っちゃ悪いが、おめえさんのなまくら剣術じゃ、なんとも し難いってのが分からないか」

と捲《ま》くし立てた。

「油断したのだ」

「まだ言い訳しなさるか。二本差しの侍がいつまでも口にする言葉じゃねえや」

「おのれ、船頭風情が」

「おうさ、おりゃ、船頭だ。だがよ、騒ぎの経緯は承知していますよ。いまな、案ずるのは、だれでもねえ。おまえさん、佐々木弁松様のことだ。騒ぎが知られたら、おまえさん、殿様から切腹を命じられてもおかしかねえや。それが分からねえかえ」

「せ、切腹じゃと」

「分かってねえか。赤目様父子は、久留島の殿様の招客だぜ。そのお方に抜き身を向け、小籐次様に、どんな曰くか、許さぬ、とまで口にされたな。この主船頭の利一郎の耳が確かに聞いたことだ。それが知れたら、どうなると思いますね」

弁松は腰に鞘しかないことを確かめ、辺りをきょろきょろ見廻した末に床に転がる抜き身を見た。刀に手を差し伸べようとして、

「待たれよ。船長《ふなおさ》どのの申すこと分かったか、佐々木弁松とやら。そのほうがだれぞに訴えないかぎり、この騒ぎは知れ渡らぬということだ。分かったか、弁松」

小籐次にまで説かれてようやく己の立場を佐々木弁松は悟ったようだ。

「分かり申した」

と小声で洩らした。

「ならば、船長どのに騒ぎを起こして済まぬと詫びたのちに刀を鞘に戻されよ」

と言われた弁松が、

「主船頭、相済すまなかった」

と目を合わさぬようにして詫び、刀を摑むと鞘に入れようとした。だが手が震えてなかなか切っ先が鯉口に収まらなかった。

「佐々木弁松とやら、そのほうの伊予水軍流の技量はこの赤目小籐次、もはや察しておる。どうだ、明日からこの三島丸の主甲板道場に稽古に来ぬか。そなたの師匠、船奉行の三崎義左衛門様にこの赤目からお断わりしてもよいぞ」

と小籐次が言ったが佐々木弁松はなんの返答もなく騒ぎの場からこそこそと去っていった。

「呆れましたな。明日にも駿太郎さんに教えを乞いにくれば見込みはあるが、まずダメでしょうな」

と利一郎が言い切った。

「言わずもがなじゃな」

と応じた小籐次が、竹刀があるのを見て、

「駿太郎、久しぶりに稽古をせぬか。わしもな、こたびの森藩城下の訪い、いささかうんざりしておるでな」

と呟き、父子が竹刀を構え合った刹那、積み荷に囲まれた三島丸道場の空気がぴーんと張りつめた。

利一郎は、一瞬その場を立去るのを惜しんだが、ここは父子ふたりの邪魔をすべきでないと考えなおし、艫矢倉に戻っていった。

父と子は、しばしの間、稽古に没頭した。

むろん初心は駿太郎、上位は小籐次だ。ゆえに駿太郎がゆったりと一打一打丁寧に攻め、小籐次が受け流した。

そんな単純でありながら濃密な稽古が半刻（一時間）も続いたか。

小籐次がすいっと竹刀を引いた。それを見た駿太郎も竹刀を引き、

「ご指導ありがとうございました」

と父親に礼を述べた。

「駿太郎、一郎太と水夫部屋で寝たそうだな」

「助船頭の弥七さんが舳先矢倉下にも寝場所があると申されて、われらふたりに水夫部屋の控えの間を貸してくれました。差し支えがありましょうか」

「殿に招かれたそなたと家来の一郎太が水夫部屋で寝るとはな、なんとも不躾《ぶしつけ》な

行いだが、この船の様子を知ればそなたらの気持もわからんではない」

「江戸藩邸の家臣と国許森陣屋のご家来の間には根強い対立があるようですね」

駿太郎は久留島家の家臣の対立が、ふたりが森藩に呼ばれた原因かと遠回しに訊いた。

「ううん、それもあるわ」

と答えた小籐次は、しばし間をおき、

「厄介の真の因《もと》を殿もとくと把握しておられぬ様子なのだ。昔厩番であった下士のそれがしが内紛の解決策を示せるかどうか。国許にてひと悶着ありそうだな。なんとも面倒なことよ」

と答えた。

藩主久留島通嘉と長いこと話し合ったのだ。詳しい経緯が話題になったと思われたが父はただ今の段階で話す気はないようだった。あるいは父が言うように殿は森藩の内紛の真因と実態に気付いていないのか。

「父上、寝所は殿様の御座所の近くですか」

駿太郎は話柄を変えた。

「おお、そなた、殿の御座所を見たな。御座所の傍らに供の控え部屋があってな、そちらで休ませてもらった。駿太郎の代わりに池端恭之助がわしの傍らに寝てくれたわ。池端どの、わしの鼾で眠れなかったのではないか」

池端の身を案じた。

「父上の鼾は別にして、近習頭の池端様が殿のおそばに控えておられるのは宜しき判断ではございませんか。頭成に着くまでそれがし、助船頭の部屋をお借りしてもいいですか。殿様の隣で寝るなんて休んだ気がしません」

「好きにせよ。なにしろ殿の御座所の下はな、国家老一派の控えの間らしい」

「えっ、御座所の下が国家老一派の本拠ですか。頭分は船奉行三崎義左衛門様ですか」

「いや、こたびの航海における国家老一派の頭分は、森藩御用人頭の水元忠義《みずもとただよし》と申されるお方だ。三崎どのは水元どのの腹心でな。御座所で殿がこの御用人頭どのと引き合わせてくれたが、いささか厄介な御仁と見た」

と小籐次がうんざりとした顔付きで洩らした。そして、

「それにしても三島丸、和船では考えもつかぬ部屋割りじゃのう」

と話題を変えた。

「肥前長崎で造られた三島丸は、改めて見ると船体から弁才船《べざい》とはあれこれ異な

っておりますね。父上、森藩は貧乏なのですか、それともかような船を注文してつくるほど金持ちなのですか」

「貧乏か金持ちか、なんとも不思議な事ばかりよのう。かつて奉公していた久留島通嘉様をわしは全く存じ上げなかったかと今さら驚いておるわ」

小籐次の当惑に駿太郎もどうにも応対できなかった。

ふたりは、問答の内容を忘れようと、しばし和泉灘を往来する大小の船に目をやっていた。

「父上、三島丸の船乗り方は、森藩に一時雇われているだけで、主従の結びつきはないそうですね。利一郎さんも助船頭の弥七さんもしっかりとした考えの持ち主かと見ました。おふたりは水夫衆を把握しておられます」

「そのようだな。駿太郎が船旅の間、水夫の手伝いをしながら過ごすのはよい事かもしれんな」

「はい。それがし、森藩のいさかいに立ち入らぬように水夫衆の手伝いをして過ごします」

三島丸に乗船して以来初めての、父子の問答らしい問答であった。ふたりにとって不愉快な話が多かった。

「父上、母上はどうなさっておられましょう」

駿太郎がつい先日訪れた三河の三枝家の所領に残った母を案じた。

「わずか十日前、われらが三河に滞在していたとは思えません。何年も前のような気がします」

「三河もあれこれと厄介が重なっておったからな。いまになってみれば、おりょうは三河に、薫子姫と子次郎のかたわらに残ってよかったわ」

「それがしもそう思います」

おりょうを三河に残したのは正しかったと改めて得心した小籐次が御座所へと戻っていった。

駿太郎は気を取り直して竹刀を木刀に持ち替え、素振りの稽古でとことん体を痛めつけようと思った。こんな風に間近で父の旧藩の内紛に巻き込まれて、気を遣いながら生きるようなことは江戸で経験がなかったからだ。

桃井道場の年少組、岩代祥次郎たちとの他愛のない付き合いや稽古をこれほど懐かしく感じたことはなかった。胸中の想いを吹き飛ばすように素振りを始めた。

どれほど素振りを続けたか、主甲板の舳先に寄った狭い「稽古場」に茂と炊き方見習の菊次が姿を見せた。菊次は丼と握りめしを載せた盆を両手で持っていた。

「駿太郎さん、昼めしを食っておるめえ。握りめしとうどんを菊次が作ってくれたぞ。食べないか」

　と茂が言った。

「もうそんな刻限ですか。船に乗っていると時が進むのが早いな」

「駿太郎さん、船ではな、しっかりと食うことも仕事のうちよ」

三島丸は、いつしか淡路島に接近し、狭い瀬戸に差し掛かっていた。

「明石《あかし》の瀬戸よ。ここを越えれば今宵の湊、明石湊だな」

　と茂が教えた。

　昼下がりの刻限か。

「摂津大坂から明石の湊まで海路何里ありますか」

「およそ十二里と聞いたことがあらあ」

「徒歩の旅人より船が早いのか」

「駿太郎さん、外海ならば、風具合にもよるが三島丸は二倍も三倍も走りよるぞ」

　と茂が応じて、

「昼めしを食え。明石湊じゃ夕めしが待っとるぞ」

「大丈夫です。昼餉のあと、直ぐにでも夕餉が食せます」

「駿太郎さんの働き具合では、いくらでも食えそうだな」

はい、と応じた駿太郎が、

「頂戴します」

と言いながら合掌して丼のうどんをするすると啜り、

「うまい、これは絶品ですよ」

と菊次に言った。

「夕餉は明石の魚と野菜汁じゃよ、駿太郎さん」

「水夫方はお酒が飲めなくて残念ですね」

「おお、主船頭の命か。ありゃな、まあ、仕事に差し支えない程度に我慢せえ、という意よ。湊に上がる連中は、陸《おか》で飲んでくるわ」

と茂が笑みの顔で主船頭の命の真意を告げた。

「そうか、酒好きが十日も酒が飲めないのはつらいですよね。昨夕、父は殿様と酒を飲まれましたかね」

うどんを一気に啜り込んだ駿太郎が父親のことを案じた。

「池端様を含めて三人で伏見の上酒を一升ほど飲まれましたよ」

と菊次が答えた。

「それはいい知らせです。父にとって酒は一日の終わりの習わし、どんな折にも酒は飲まれます」

「駿太郎さんよ、おりゃ、大坂で聞いたがよ、酔いどれ様は公方様の前で何升も飲んだというが、いくらなんでもそりゃないよな」

「白書院でのことですね。確か五升ほど飲んで、それがしといっしょに来島水軍流の正剣十手を披露致しました。その模様を御三家や加賀金沢藩の大大名が見物しておられました。あとで知ったのですが、白書院で酒を飲み、剣術を披露した父子はわれらが初めてだそうです」

「呆れた、ほんとの話かよ。森の殿様はその場にいたのか」

「それがしはこちらの殿様がおられたかどうか存じません」

駿太郎はあの場にいた大名は大大名か譜代大名にかぎられていたことを承知していた。が、この場で真実を告げることはないと口を濁した。

「そうだよな、酒好きがさ、どんな場所でもよ、だれがいてもよ、酒なしはないよな」

と茂がいい、

「菊次、今晩は一升といわず一斗くらい飲んでもらえ」

「茂さん、昨日は殿様とごいっしょゆえ普段の晩酌より多く楽しまれたのです。相手にもよりましょうが沢山お出しすることはありませんよ」

と言った駿太郎が握りめしを食して、

「菊次さん、ご馳走様でした。明日から昼餉は炊き場に伺います」

「分かりました」

空の丼を持って菊次がその場から立ち去ったが茂は残った。

「茂さん、明石の湊に着くと帆を下ろしますよね」

駿太郎が言いながら、風をはらんでばたばたと鳴る主帆を見上げた。

「おうさ、駿太郎さん、手伝ってくれるか」

「むろんです」

駿太郎の言葉に頷いた茂が、

「国家老一派の面々の座敷がどこか承知かな」

「父から聞きました。御座所の真下が国家老一派の詰め所のようですね」

「そういうことだ。夕べもな、酒をしこたま呑んだのは殿様でもおれたち水夫らでもない。御座所の何倍もの酒を飲み食らったのが国家老一派の面々よ」

「殿様がお許しになられたのでしょうか」

「さあて、その辺りは知らないな。だけど、赤目様がいるせいか、御用人頭は殿様に朝晩の挨拶に来ている風はないぜ」

　と茂が言った。

「茂さんは三島丸に何年前から乗組んでいるのですか」

「おれか、十六のときからだから八年前か。それがどうした」

「その折も森藩は江戸藩邸派と国家老一派で対立していたんでしょうか」

「いや、妙に国家老一派がのさばってきたのは三年ほど前からかな。頭成の御用商人と手を組んでよ、この三島丸や荷船を長崎に行かせ、大坂に走らせ、まるで御用商人の所有船のように使わせているんだよ」

「殿様はなにも申されませんので」

「それがね、国家老の嶋内主石様に弱みを握られておられるのか、国許のことはあまり話さないってことだぜ」

「いよいよ妙な話ですね」

「そうよ。だからさ、殿様が最後に縋《すが》ったのが赤目小籐次様と駿太郎さん親子じゃないか」

そのことはすでに小籐次も駿太郎も察していた。だが、なぜ水夫衆のなかでも若手の茂が縷々駿太郎に告げるのか、いささか変だと思った。

「半刻後に明石の湊に入るぞ。仕度をなせ」

と艫矢倉から主船頭の声がかかった。

「畏まって候」

との配下の返事が船上のあちらこちらからした。

駿太郎も茂も命に呼応した。

その瞬間、主船頭利一郎は三島丸の不穏を茂の口から駿太郎に告げさせたのではないか。そして、そのことを駿太郎が父の小籐次に伝えることを確信していたのではないかと思った。

四

この日、三河の三枝家の離れ屋に江戸から書状が届いた。

差出人は老中青山忠裕の密偵のおしん、宛名はおりょうだ。封書の表に、

「親披」

の二文字があった。

薫子は眼が不じゆうゆえ格別に書き添える要はない。おしん当人がわざわざ直に披けと書き添えた以上、よい知らせではないことは確かと思えた。

薫子は、子次郎と老木の上に造られた小屋から日が対岸の山並みに沈むのを見ていた。

書状を受け取ったのは老女のお比呂だ。むろんお比呂は字が読めた。ゆえに書状の差出人がだれか分からないまでも表に書き添えられた二文字の意味は理解していた。おりょうが、

「お比呂さん、私が文を読んだのち、薫子様に告げるべきかどうか判断させてもらいます」

と告げるとお比呂が頷いた。

譜代の旗本三枝家に降りかかる難儀は、当主の三枝實貴が身罷り、娘の薫子しか身内がいないことだ。このままでは三枝家の断絶は避けられない。

赤目小籐次が三河を出る際、中田新八とおしんに宛てた書状を田原藩の御用嚢に入れて江戸に送っていた。その返書だった。

おりょうはおしんの文を幾たびか黙読した。

お比呂は夕餉の仕度をするために台所に行った。

「赤目りょう様
過日、赤目小籐次様からいただいた書状の返信にございます。詳しい書状は、豊後国森藩陣屋気付にて赤目様に別送してございます。ゆえにおりょう様には手短にただ今の模様を申し上げるに留めます。

わが主は、この一件、思案した末、公儀御目付深堀源之亟様に赤目様からの親書を手渡されました。

深堀様は、十名の御目付のうち筆頭目付でわが主が信頼する人物にございます。主と深堀様は二度ほど内談をされた末、意見の一致を見たとのこと。

三枝家の存続は大変難しいとのご判断です。

赤目様が書状で触れられた三枝實貴様が亡くなった経緯を深堀様は配下の者に命じて調べさせ、その顚末を承知されたとのこと。事ここに及んでは薫子様に婿を取り、跡継ぎと為すことも後々差し障りあり、赤目小籐次様にも難儀が降りかかるは必定との見方をわが主に告げられた由にございます。

さらに田原藩の三宅家の醜聞にございますが、どこの大名家も内所は苦しく町人に賭場を開帳させる程度の所業は為しており、なによりこの賭場開帳に藩主の三宅康明様が関わりなきこと、またこの一連の騒ぎに赤目小籐次・駿太郎様が関わってすでに処置したことを考えますと、田原藩と三宅康明様への咎めは一切なしとの見方にございます。

以上でございます。わが主は豊後の赤目様からの返事を待って三枝家の処置を為す所存にございます。

この旨、薫子様にはおりょう様からお伝え下されば幸甚でございます。　おしん」

おりょうは短い書状を幾たびも読んだ。豊後の小籐次への書状にどのような経緯が認められるか知らないが、この短い文以上の結論はあるまいと思った。

お比呂がおりょうのもとに参り、

「姫が木小屋から下りられております」

と報告した。

おりょうは首を横に振って、手短に書状の内容をお比呂に告げた。

お比呂は愕然として立ち竦んだ。そして、

「姫は、薫子様はどうなるのでございますか」

と洩らした。

「お比呂さん、わが亭主のもとにはこれより詳しい書状が届けられるそうです。その考えを待ってその先のことは思案しましょうか」

と伝えると、お比呂が、

「おりょう様、すぐには姫に書状のことはお伝えになりませぬのか。赤目様の考えを待ちますのか」

「いえ、薫子様は賢明なお姫様です。今宵にも私からお話し申し上げます。私も亭主も薫子様になにかの助勢ができるかどうか考えますゆえ、お比呂さんも平静に見守ってくだされ。ようございますね、私どもはもはや身内です」

と言い切った。

お比呂は赤目一家と知り合い、おりょうがこの場に在ることを心強く思った。

薫子は飼い犬の縄に引かれて戻ってきた。

子次郎はまだ木小屋に残っているようだった。

「おりょう様、内海の向こう、山の端に沈むお日様の光が昨日より強く見えます」

という薫子の声が弾んでいた。

「おお、それはうれしい知らせです、姫」

とおりょうも喜びの声で応じた。

「おりょう様、子次郎さんがわが家に赤目様から文がきたぞ、と教えてくれました。赤目様と駿太郎さんは豊後国に到着されたのでしょうか」

と縁側に腰を下ろしながら質した。

「薫子様、豊後からの文ではございません」

しばし無言の間があって薫子が、

「江戸からですか。よき知らせなればうれしゅうございますが」

とおりょうに向き合うように座り直した。

「薫子様、残念ながらよき知らせではございません。ただ今のお定めでは三枝家の存続は難しいとの知らせにございます」

薫子の視線がゆっくりと内海に向けられた。長い沈黙ののち、

「おりょう様、海が黄金色に輝いておりませんか」

と薫子が洩らした。その声音は落ち着いていた。

お比呂は薫子といっしょに厳しい内容を改めて聞きたくないのか中座した。

「輝いておりますよ。薫子様の目は日一日と見えるようにおなりですね」

「はい」

「薫子様、短い文です。私が読みますからお聞きください」

おりょうの言葉にこくりと薫子が頷いた。

幾たびか書状を繰り返し読んだ。

その間に子次郎が木小屋から下りてきたが、離れの縁側のふたりの様子に声をかけられないでいた。

「おりょう様、もはやようございます。父の愚かな行状を考えますとき、当然の処置かと存じます。三宅の殿様に何事の咎めもないとのこと、薫子はわが三枝家の当然の処断より田原藩の騒ぎを黙認なされるという公儀の処置、なによりうれしゅうございます」

と言い切った。

おりょうは薫子の言葉に頷くと、

「薫子様、そなたはなんとも心優しい娘ですね」

と言い添えた。

「文のなかに出て参る主様とはどなたにございましょう」

「老中青山忠裕様にございます。わが亭主と老中青山様は身分の違いを超えて昵《じっ》懇《こん》の付き合いをお持ちです。これまでもふたりはいろいろな難儀を乗り越えてこられました」

「確か江戸でもお世話になったお方ですね」

「はい」

「もはやこの一件、気になさらないで下さいと豊後の赤目小籐次様におりょう様、お伝えください」

おりょうは、この返事を聞いたとき、漠たる考えが頭に浮かんだ。だが、口にはしなかった。

ふたりのもとへ子次郎が恐る恐る寄ってきた。気配を察した薫子が、

「子次郎さん、江戸からの文にございました」

「……」

「田原藩と三宅の殿様にはなんらお咎めはないとのことで安心しました」

「お姫様、こちらは、三枝家はどうなるんだよ」

子次郎の声音が固かった。

「残念ですが、家の存続は難しいそうです。もはや譜代の直参旗本三枝家は父の

死とともに消えました」

子次郎が薫子の言葉を咀嚼《そしやく》して質した。

「この離れ屋も母屋も公儀に返却せねばならないということか」

「子次郎さん、そのことは文には触れられていませぬ。豊後に向かっておるわが亭主にも詳しい書状が届くそうな。おそらく亭主から江戸への返書があって三枝家の所領返納の時期は決まると思えます。それまで薫子様方がこの三河に住むことは許されておりましょう」

とおりょうが言った。

「それはよかった」

と安堵した子次郎が、

「母屋の連中にはいつ知らせるよ。残った奉公人は、江戸に戻る道中の費《つい》えすら持っているとは思えないぜ」

「ああ、そのことを考えていませんでした」

薫子が茫然自失した。

三枝實貴の死が知らされたおり、江戸から従ってきた奉公人の大半が三枝家の廃絶を察して早々に江戸へと戻っていた。残っているのは三枝家の用人を代々勤めてきた室橋三津五郎と女衆ふたりだけだった。

「そのことは薫子姫とわたしが明日にも室橋用人に話しましょう。三人が江戸にすぐにも戻りたいと考えるのであれば、道中の費えなどなんとかお渡しすることはできます」

とおりょうが答えると薫子が悲しげに、

「わたしはなんの役にも立ちませぬ」

ともらした。

「姫、いえ、わたしの娘よ、そのことは母のわたしが為すべきことです。ようございますか」

いつの間にかお比呂もその場に姿を見せて話を聞いていた。

「はい、母上」

と応じた薫子に、

「遅くとも三月後にはわが亭主と駿太郎がこの三河に戻って参ります。その折、紙問屋久慈屋の関わりの船に摂津大坂から同乗してくる手筈になっています。そなたもお比呂さんや子次郎さんとともに船にて江戸に戻りましょうか」

「そいつはいいな。おりゃ、江戸に戻ったら薫子様の費えくらい稼ぐからよ」

と元祖の鼠小僧が思わず洩らした。

「子次郎さん、まさか鼠小僧に戻ろうということではありますまいね」

とおりょうが詰問した。

「おりょう様よ、三河に来てよ、地道に稼ぐことがどれだけ大切か覚えたぜ。もはや他人様の金子を頂戴するような真似はしないから安心してくれないか」

「ふっふっふ」

とおりょうが微笑み、

「子次郎さんに詫びねばなりませんね、失礼なことを言いました」

「おれの仕事は盗人だもんな、そう思われても致し方ないぜ」

と子次郎が応じた。

「おりょう様、お姫様、子次郎さん、今朝の漁で子次郎さんが採ってきた魚がございます。それを肴に囲炉裏端でお酒でも飲みませんか」

とお比呂が言い出した。

「いいな、ならばおれが松魚《かつお》をさばくぜ。朝夕はいい気候になったよな。造りなんぞはいいぞ」

と応じた子次郎は、いつも庭を駆け回っている鶏を料理に加えようかと考えた。

だが、このことは女衆には内緒にしていたほうがいいな、と口にはしなかった。お比呂と子次郎が縁側から台所に向かい、縁側に薫子とおりょうのふたりになった。

「母上、と呼んでよろしいのですね」

「娘が母を母と呼ぶのは至極当然ですよ」

とおりょうが微笑んだ。

その瞬間、おりょうの頭のなかの考えが固まった。

「母上、赤目様と駿太郎様は、いまごろどこを旅しておられましょう」

「摂津大坂を出て瀬戸内の海を森藩の御用船で旅しているころでしょう。ということはこの刻限、どこぞの湊に着いてわが亭主は御酒《ごしゅ》を召し上がっているのではないですか」

「わたしども今宵は酒《ささ》を頂戴しますよね。でも、駿太郎さんはお酒を飲まれません」

「はい、なんでも最初はあるものです。とは申せそなたの弟は未だ十四歳、御酒より大盛ごはんを食しておりましょう」

とおりょうがその光景を推量し微笑んだ。

その刻限より一刻以上も前のことだ。

播磨国明石湊に駿太郎は、三島丸の船尾に引かれてきた小舟に乗り、上陸した。助船頭の弥七と水夫の茂に伴われてのことだ。

駿太郎は、湊の沖に停泊した三島丸から見た明石の大きさにびっくりした。

「大きな湊ですね」

茂とふたりで神楽桟を使い、帆桁を下ろしたときのことだ。ふたりの傍らにいた弥七が、

「親藩松平様のご領地でな、たしか六万石の大名さんだ」

「では、剣道場もありますか」

「藩の剣道場はいきなり行っても稽古をさせてくれまい。町道場ならばなんとかなるかな」

と応じた弥七が主船頭利一郎と小籐次に断って、三人は明石城下に上陸したのだ。

明石城は喜春城とも称されるが三人は、太鼓門と呼ばれる大手門前に田宮流占《しめ》地《じ》道場があるのを住人に教えられ、訪れた。どうやら松平家の家臣が門弟の大半

らしき、明石藩準道場の趣が感じられた。

「駿太郎さん、どうするな」

「見物だけでもできるならばうれしいのですが」

「ならばわしが聞いてみようか」

三島丸の船乗りのなかで最年長の弥七が道場の式台前で訪いを告げると、師範と思しき稽古着姿の人物が、物売りか、と三人に問うた。

そのとき、弥七と茂は水夫の作業着、駿太郎はさすがに道場を訪ねる以上、道中着に脇差だけを腰に差し、愛用の木刀を携えていた。

「お武家様、わっしらは最前湊に立ち寄った船の水夫ですがな、船に同乗しておるこの若い衆が明石の剣術を見物したいというのですがな」

「なに、この御仁、侍かな」

「十四ですがな、剣術好きですわ」

「十四歳にしてはなかなか鍛えられた体付きだな、まあ、上がれ」

と鷹揚《おうよう》にもいきなり道場に招じられた。

道場では二十数人の門弟衆が打合い稽古の最中だった。

駿太郎は道場の雰囲気をひと目見て、田宮流がなかなかの剣術と感じた。

見所《けんじょ》の前に三人を案内した師範らしき人物が道場主占地八兵衛《やへえ》に事情を説明していた。占地は白髪白髭の初老の剣術家であったが駿太郎を見て問うた。

「そのほう十四歳と聞いたが流儀はなにか」

「来島水軍流なる剣術を父から習いました」

「ほう、来島水軍流な、名はなんというか」

「赤目駿太郎にございます」

「ほうほう、珍しき若衆がわが道場に飛び込んできたものよ」

と独りごとを呟き、

「見物だけではつまらぬであろう。師範、だれぞ稽古相手を見繕え」

といきなり命じた。

「なに、打合い稽古ですか。師匠、いくら体付きがしっかりしているとはいえ十四ですぞ。さて、だれがよいか。新入りの御徒士村木にしますかな」

「師範、村木はいかん。御物頭《おものがしら》の真砂大五郎にせよ」

「まさか、師匠、本気ですか」

「かまわん」

と道場主と師範が話し合い、

「真砂はおるか」

と師範が首を捻りながらも呼んだ。

その声に、均整の取れた体付きできびきびした動きの門弟が師匠と師範の前に、お呼びですか、と木刀を手に歩み寄ってきた。三十前か、背丈は六尺余か。

「真砂、そなた、この若侍の相手をしてみんか」

「師匠、道場破りにございますか」

「水夫ふたりを従えた十四歳の道場破りもおるまい。稽古である、相手も重々承知しておるわ」

と占地道場主が言い、駿太郎を手招きして、

「田宮流占地道場の一番手の門弟よ。稽古をなす気はあるな」

「は、はい」

駿太郎が思わず喜びの声を発した。

「おい、駿太郎さん、いきなり立ち合いだなんて大丈夫か」

と弥七が案じた。

「稽古をつけてもらうだけです、ご心配なく」

駿太郎が腰の脇差を抜いて茂に預け、

「真砂様、ご指導のほどよろしくお願いします」

と頭を下げた。

「そなた、真に十四歳か」

「はい、今年の正月十一日に元服を致しました」

「十四歳な」

と困った顔をした。

「真砂大五郎、稽古をしてみい。そなたが十分に腕を奮っても相手はついてこよう」

と師範に言われた真砂が駿太郎に視線を戻し、

「竹刀に替えようか」

「真砂様、どちらでもようございます」

「木刀でもよいというか」

「はい」

「相分かった」

と真砂大五郎が答えると他の門弟が道場の端に引き、駿太郎と道場の真ん中で対峙した。

「師匠、それがしが行司方を」

「要らぬ要らぬ」

と師範の要望を退けた占地八兵衛が、

「両者、力を抜くでない、全力を尽くせ」

と言い放った。

真剣勝負を嗾《けしか》けるような言葉だった。

真砂が師匠の言葉を訝《いぶか》りながら木刀を正眼に置き、駿太郎も相正眼に構えた。

「ああ」

と悲鳴を上げたのは真砂だ。

さすがに田宮流占地道場の一番の遣い手だ。駿太郎の技量を直ぐに察していた。

気を引き締めた真砂が、

「参る」

と先に仕掛けた。

驚いたのは仲間の門弟衆だ。十四歳を相手に道場いちばんの遣い手が得意の面打ちを、それも手加減なしに放ったのだ。

弥七と茂は、思わず眼を瞑《つむ》った。

カーン
と乾いた音がして駿太郎が弾き返した。

真砂の二撃めが駿太郎を襲った。

四半刻後、真砂大五郎が愕然として道場の床にへたり込んでいた。

一方、駿太郎は平然たる顔で佇んでいたが真砂の前に座して、

「ご指導有難うございました」

と述べた。

その言葉になにか言いかけた真砂に道場主が、

「真砂、そなた、この者の父御の名は聞かぬか」

「はっ、それがし、稽古相手の若い衆の名も知りませぬ」

との真砂の返答に駿太郎が慌てて答えた。

「失礼申しました。それがし、赤目駿太郎にございます。父は赤目小籐次と申します」

との駿太郎の言葉に、

「ううっ、それがし、天下の武人赤目小籐次様の嫡子と木刀を交えたか」

と感嘆の叫び声を真砂大五郎が上げた。

第四章　三島丸の不穏

一

翌日、三島丸は播磨灘を久留島唐団扇《とううちわ》の家紋を染めた白帆を拡げて西に向かい進んでいた。水夫頭の秀吉によると三島丸は、参勤交代の折は三枚の主帆を殿の命で折々変えるという。

昨夕、駿太郎、弥七、茂の三人が明石湊沖に停泊する三島丸に戻ったのは、六つ半（午後七時）の刻限だった。

駿太郎が赤目小籐次の嫡男と分かった田宮流占地道場では、門弟衆が駿太郎と打ち合い稽古をすることを望み、ほぼ大半の門弟と稽古を楽しんだ。

「明日も稽古に来られませんか」

と真砂大五郎らが懇願した。だが、豊後森藩に招かれての船旅の最中ゆえ明早朝には出船すると詫びた。すると、道場主の占地八兵衛が、

「駿太郎どの、豊後の帰路、父上の小籐次様を伴い、わが道場にぜひ立ち寄って下され」

と乞うた。そんなわけで船に戻った刻限には、すでに水夫たちの夕餉は済んでいた。むろん三人の分は取ってあった。

膳に着く前に駿太郎が御座所に帰船した挨拶に行くと、藩主の久留島通嘉と小籐次、それに近習頭の池端恭之助が酒を飲みながらぼそぼそと話をしていた。

「おお、明石城下はどうであったな、駿太郎」

どことなく救われたという様子の通嘉が質した。

「殿様、太鼓門と呼ばれる大手門の前にあった占地道場で稽古を許されました」

と前置きして快く駿太郎の稽古を受け入れてくれたことを手短に告げると、

「おお、松平様の城下の町道場が稽古に応じてくれたか」

「はい。道場主の占地様は明石藩の藩道場の師範であったお方で、白髪白髭のご老人でございました。門弟衆もほとんどが松平様の御家臣で、それがしも気持ちのよい汗を搔きました」

と告げると池端が、

「駿太郎さん、名乗って稽古を願われましたか」

「いえ、当初見物だけさせてほしいと願ったのです。ところが占地様が私の名を聞かれましたので正直に名乗ると、『ほうほう、珍しき若者が飛び込んできたものよ』と申されて稽古をしていけとお許しになったのです」

「赤目姓は珍しいからのう。道場主は、赤目小籐次が駿太郎の父親と察しておったか」

と通嘉が推量した。

「そのようでございました。父上、豊後の帰りに道場に立ち寄るように願われました」

「おかしいな。わしの名が明石まで知れ渡っているわけもあるまい。そうか、『御鑓拝借』の一家、赤穂藩や丸亀藩が近いせいで噂が流れたか」

「はあ」

と応じる駿太郎に通嘉が、

「駿太郎、こちらに膳を用意させる」

と言ったが、

「すでに水夫部屋に膳が三つ仕度してございました。水夫のふたりも待っておりますのであちらにて食します」

駿太郎は丁寧な口調で事情を述べて御座所から立ち退いてきた。すると助船頭の弥七と茂が箸をつけずに待っていてくれた。

「どうだな、殿様の御座所は」

弥七が問うた。

「あちらですか。なんとなくお通夜のお酒のようで、父も憮然とした顔付きで酒を舐めておられました、あれでは好きなお酒も美味《おい》しくありますまい。あちらで夕餉を誘われましたが、それがし、早々に戻ってきました」

駿太郎がいうと海鮮汁を装《よそ》ってきた炊き方見習の菊次が大笑いし、

「赤目様が気の毒じゃな」

と弥七も言った。

そんな一日目の船旅が終わり、二日目からは水夫見習の駿太郎も作業に慣れてきた。

瀬戸内の灘のひとつ、播磨灘を行きかう船が見られるなか、駿太郎が主柱の拡帆作業のあと、素振り稽古をしていると創玄一郎太が姿を見せて、

「駿太郎さん、明石の町道場を訪ねたそうですね。次に陸に上がるときはそれがしも誘ってください」

と悔しそうな口調で言った。

「一郎太さんは森藩の家臣だからな、助船頭の弥七さんも誘うのを遠慮されたのでしょう。この次の折は、父上から殿に許しを得てもらいましょうか」

「駿太郎さん、殿様はそれがしが同行していることを承知かどうか。下士の願いを殿がお聞き届けになるわけもない、滅相もありません」

と言った。

「ならば池端様の許しならばどうです」

「駿太郎さん、口添えしてくれますか」

と願った一郎太と打ち合い稽古を一刻（二時間）ほど続けた。すると播磨灘の西の方角に小さな島並が見えてきた。

舳先矢倉下で帆の繕いをする水夫頭の秀吉に尋ねると視線を向けることなく、

「おお、家島諸島が見えてきましたか。今晩泊まる家島ですよ」

と告げた。

「どこかの大名領ですか」

「駿太郎さん、播磨灘のなかに大名さんの領地があるかのう。家島の対岸の姫路は大名領、じゃが、ともかく島には人よりも鹿や猪が多くすんでいよう。駿太郎さんの稽古相手はおるまい」

と曖昧な話を告げた。

「水夫頭、家島は譜代大名十五万石の酒井様の飛地じゃが所領地だぞ、それが証しに浦番所があろうが」

と主船頭の利一郎が話に加わった。

「おお、主船頭、確かに浦番所があったな」

「確かにあったではないわ。わしら大名通船の場合は、姫路から役人が参られるのよ」

と利一郎が答えた。

「なぜ姫路藩の湊に立ち寄られないのですか」

「次の小豆島《しょうど》の北から備讃《びさん》瀬戸を抜けるのに航路が短く都合がよいからですよ、駿太郎さん」

と利一郎が言い切り、質した。

「昨日、明石城下で稽古ができたそうですね」

「弥七さんと茂さんのお陰で道場稽古ができました」

「やはり道場での稽古が楽しいですか」

「はい、しっかりとした床板を踏み込んで打合い稽古をするのはなによりも楽しいです。ああ、いいえ、船での稽古が不満というわけではありませんよ、主船頭」

　と慌てて駿太郎が言い添えた。

「和洋折衷の三島丸とはいえ、こう主甲板まで荷積みをしておりますでな、わしら、船乗りも操船が難しいし、船足も上がりません。駿太郎さんに思いきり稽古をしてもらうにはこの荷がなければいいのですがね。殿の御召船か荷船か区別がつきませんや」

　と利一郎が嘆いた。

「この荷は頭成にて下ろす荷ですね」

「いえ、それが、安芸の広島で荷下ろしをします。大名船とはいえ、荷船の役目を兼ねておりますでな。つまりは国家老一派の商いによって御座船の航路が変わりますので」

「参勤交代だけでも大変なのにですか」

三島丸が荷を下ろす先は国家老一派の命によるという。

「風光明媚な家島は上陸してもわずかの間ですな。まあ、駿太郎さんの剣術の稽古相手はおりますまい」

と利一郎が繰り返した。

「主船頭、三島丸はそれがしのためにあるのではございません。明石城下で稽古できたのは幸運でした」

「のちに安芸広島藩浅野様の城下に立ち寄ります。最前も言いましたが広島で荷下ろしにて少なくとも丸々一日は滞在しますすで父御の小籐次様と上陸されませぬか。浅野家は大藩ゆえ、剣道場も立派なものがあろうかと存じます」

「おお、父に聞かせたら喜びます。なにしろ殿様と池端恭之助様と三人で過ごすことが多いですからね」

「なんともお気の毒なことです」

とすべてを察している主船頭が言った。

主船頭が姿を消したと思ったら池端恭之助と与野吉が揃って姿を見せた。

「やはりここにおられたか」

とどことなくほっと安堵した表情で池端が言った。

「父はどうしております」

「退屈されたのか、炊き方の包丁を集めて研ぎをされております」

「沢山手入れをする刃物がありそうですか」

「赤目様の言付けです。『わしは退屈しのぎに研ぎをしているのだ。そなたが手伝う要はない』と申されました」

「殿様相手では近習頭様も大変ですね」

「まあ」

と短く返事をした池端が苦笑いをした。

「水夫頭、家島には何刻ほどで着きますか」

「うむ」

と帆布の手入れをする秀吉が立ちあがり、手を額に翳して陽射しを遮った。さらに主帆の風具合を確かめ、

「やはり八つ半(午後三時)時分かのう」

と言った。

「ならば三島丸道場で稽古をしませんか、池端様」

「そう願おう。赤目様ではないが退屈しのぎの研ぎ仕事にあらず、それがしは剣

術の稽古です。駿太郎さん、お手柔らかに家島とやらに着くまで稽古をつけてください」

と願った池端恭之助が羽織を脱いで竹刀を手にした。

駿太郎は水夫の作業着姿だ。

「明石城下の町道場は駿太郎さんにとってもの足りなかったのではございませんか」

池端が昨日の明石の町道場の模様を訊ねた。

「力量はともかく、占地道場の門弟衆は、剣術を楽しんでおられました。そのおかげでそれがしも桃井道場で稽古をしているような、そんな気持ちになりました」

「ふーん、池端恭之助、さような心持ちに達しておらぬな。なんとのう、もやもやした気持ちを吹き飛ばしたいだけです。それでは駿太郎さんは楽しくありますまいな」

と池端が言った。その言葉を聞いた駿太郎が、

「水夫頭、舳先矢倉を借り受けてようございますか」

「なに、舳先矢倉に上がりたいのか、好きなようにしなせえ」

秀吉の言葉を聞いた駿太郎は池端を誘い、遠くにかすむ家島諸島を眺めると舳先矢倉の床に胡坐《あぐら》をくんだ。

「座禅ですか。久しく座禅など為していませんな」

と言った池端も駿太郎に倣った。

「播磨灘《はりまなだ》の陽射しと風に晒《さら》されて無想無念の境地に達しましょうか」

「十四歳の剣術家の言やよし」

と応じた池端も臍《へそ》の前で両手を組んで半眼にした。

駿太郎も瞑目《めいもく》に入った。

播磨灘の波が三島丸を揺らした。

最初、駿太郎も池端も波の揺れに身を預けていたが、いつしか無念無想の境地に達して船の揺れを感じることもなかった。

四半刻ほど座禅したふたりは、舳先矢倉から三島丸道場に下りた。

いつの間にか水夫頭や一郎太、与野吉の姿もなかった。

「参ります」

駿太郎が竹刀を構え、池端が合わせた。

阿吽《あうん》の呼吸で踏み込み、竹刀が絡み合った。

ふたりは無心に攻め、防ぎを交互に繰り返した。

森藩江戸藩邸定府の池端恭之助は、幼い折より剣術の稽古を続けており、それなりの技量の持ち主だった。

池端も駿太郎も相手を叩きふせようといった考えではなく、自分の攻めがどう変化して己に戻ってくるかを感じとりながら、黙々と打合い稽古を続けた。

昼餉を忘れて稽古に没頭した。

「家島が見えたぞ」

との艫矢倉からの声に駿太郎が竹刀を引き、池端も倣った。

一礼し合ったふたりの眼前に家島諸島の主島のひとつ、その名も家島の島影が迫っていた。

家島諸島は姫路湊の西南四里余りの沖合に点在し、家島、男鹿《たんが》島、西島、坊勢《ぼうぜ》島の四島を中心に無数の小島が周りを固めていた。家島の真浦湊と宮湊が主湊であり、交易の中心であった。

家島の周囲はほぼ四里、湊は深い入江の天然の良港であった。播磨灘を往来する船がこの家島に碇を下ろすのはそんな理由もあった。

三島丸もゆっくりと尾崎鼻と天神鼻に抱かれた湊に入っていき、宮湊に帆を下ろした。

八つ半の刻限だった。

主船頭の利一郎は熟達した操船指揮で、前日と同じ刻限に湊を発ち、予定通り八つ半には次なる湊に三島丸を安着させていた。

駿太郎が舳先矢倉に立っていると、

「駿太郎さんや、島の天神鼻から段々を上がると、ムクロジやら椎など大昔からの原生林《はやし》に覆われたところによ、家島権現様がおられるわ。そこから島じゅうの見晴らしがきいてな、なんとも絶景じゃぞ」

と利一郎が教えにきた。主船頭は以前に家島権現に詣でたのだろう。

「ならば父上を誘って権現様に船旅の安全をお祈りしてきます」

「おお、わしらの代わりにお参りしてきてくれ」

そんな問答を聞いていたか小籐次が脇差を差した形で姿を見せた。

「父上、家島に上がってみますか」

「御座所にばかりいると足が萎えてくる。少し島を歩いてみようか」

駿太郎が小声で、

「殿様は島めぐりをなさいますかね」

と問うと、

「わしもお誘いしたが、お断わりになられたわ。蛙丸で望外川荘から江戸へ出て研ぎ仕事をしているわしらのような暮らしは参勤交代の途次ということもあってできぬようだな」

「島を歩かれると気分もお変わりになるのですがね」

父子で問答を交わす間に茂が船尾に舫っていた小舟を船べりに引いてきた。森藩の上士は、殿様が下船されない以上、なにか格別な理由がないかぎり船を下りられないのだ。

近習頭の池端恭之助も御徒士の創玄一郎太も羨ましそうに赤目父子を見送っていたが、池端が、

「与野吉、赤目様に従え」

と命じて池端家の奉公人の与野吉が小舟に乗ることになった。この小舟、利一郎らは、

「タンテイ」

と呼んだ。駿太郎がタンテイとは小舟の別称ですか、と主船頭に質すと、

「三島丸は長崎で造船したと言いましたな。短艇とは異人船のボートを長崎会所の通詞が和語に訳したものですぞ。和船の小舟と造りが違いましょう」

と言った。確かによくみると猪牙《ちょき》舟や高瀬舟とはだいぶ違った。

茂は三人を乗せた短艇で湊へと向かった。慣れた手付きで洋式の二丁櫓を漕いでいく。

「茂さん、手伝いますか」

「湊の海面は穏やかですよ」

と応じて三島丸の停泊した場所から一町半ほどの船着場に短艇を寄せた。すると姫路藩の番士と思しき役人と中間が黙って一行を迎えた。

「番士どの、われら、豊後森藩久留島家の関わりの者にござる。御地への上陸をお願いしとうございます」

と駿太郎が願った。

「なに、家島に上がりたいと申すか」

「はい。なりませぬか」

「久留島家の家臣とも思えぬじい様じゃのう」

と小籐次を訝った。

「お役人どの、わしは研ぎ屋でのう」

「ほう、大名船に研ぎ屋が乗っておるか、珍しいのう」

と応じながらも上陸を許してくれた。

姫路藩の家臣である番士にとって家島に訪れる船や人は、気分転換になるのであろうか。丁寧に家島権現に行く道を教えてくれた。

原生林に覆われた家島権現の山からの景色は絶景だった。

まず権現様に頭成までの船旅の安全を祈願した。そのあと見晴らしのよい場所に立つと、

「おお、内海の様子と播磨灘の景色がなんともよいな、御座所に詰めっきりだったゆえ気分が爽快かな」

と小籐次は満足げだった。

「父上、島の暮らしが感じられますね」

「うむ、旅をしてなによりの楽しみは住む人の暮らしに接することかのう。最前、番士には研ぎ屋と名乗ったが、家島で研ぎをやりながら過ごすのもよいな」

静かな時が流れた。

西空に黒い雲が出てきたのを茂が目に止めた。

「赤目様、宮湊に帰りましょうか。天気が崩れるかもしれません」

と茂がいい、与野吉も頷いた。

「まさかまた雨風が襲いくるのではないでしょうね。淀川の三十石船でも難儀しましたよ」

と駿太郎が再び嵐に見舞われることを案じた。

「なんともいえません。主船頭ならばただの通り雨か大荒れになるのか区別がつきましょう」

と茂がいい、一行は早々に家島権現から湊に下りることにした。

宮湊に下りた時、ぽつぽつと雨が降ってきた。

短艇に乗り込み、急ぎ三島丸を目指した。

小籐次、駿太郎父子を主船頭の利一郎が迎えた。

「家島権現様に旅の安全を祈願したんですが、雨になりましたね」

「駿太郎さん、照り降りばかりは天の勝手ですでな、人間の都合ではどうにもなりませんぞ」

「この雨は長雨ではなかろうな」

と小籐次が駿太郎に代わって質した。

「今夜一晩の雨ですよ。朝には上がっておりましょう」

「それはよかった」

「赤目様、嫌なのは二、三日後に空模様が急に変りそうなんで」

「季節外れの野分ですか」

と駿太郎が訊くと、

「淀川から赤目様親子が伴ってきましたかねえ」

と主船頭が苦笑いし、

「そのときはどこぞの湊に早めに入って嵐が通り過ぎるのを待ちましょうかな。天の働きには人間は太刀打ちできませんでな」

と言い切った。

二

備前の日比と讃岐《さぬき》の大崎鼻の間、南北一里半余（およそ六・七キロ）、東西二十二里半余（およそ九十キロ）の狭門《せと》を備讃瀬戸《びさんせと》と呼ぶ。

東から小豆島、直島諸島、塩飽《しわく》諸島、笠岡諸島など備讃瀬戸には美しい島々が並ぶが、東西の干満の潮が出合い、潮流は速く、また春先から初夏にかけては霧が発生した。

危険極まりなく船乗りにとっては最も気を使う備讃瀬戸だが、水運の要衝でもあった。ゆえに狭門でありながら無数の船が往来した。

三島丸は備讃瀬戸にすでに入っていた。

家島ではしとしとした雨が一晩じゅう続き、主船頭の予測したように未明には上がった。だが、騒ぎが起こっていた。

創玄一郎太が何者かに頭を殴られて主甲板から中層甲板への段々を転がり落ちたというのだ。後頭部をなにか鈍器で殴られたらしく瘤《こぶ》が出来ていた。意識を失っていた一郎太を、物音を聞きつけた水夫頭の秀吉が最初に見つけた。

駿太郎もその場に駆けつけると、秀吉がぬれ手拭いを打撃された箇所にあてていた。

ううん、と唸って一郎太が気を取り戻した。

「気がついたんならば、まずはひと安心」

秀吉がいうと一郎太が、

「痛い、頭のうしろがいたい。どうしたんだ」

と手で打撃されたところを触ろうとした。

「一郎太さん、触らぬほうがいい。だれかに殴られたようだ。その者をみましたか」

と駿太郎が訊ねると、

「駿太郎さんか」

とほっと安堵した声で応じた一郎太が首を横に振ろうとして痛いのか、顔をしかめた。

「階段を下りようとしたら、いきなり頭のうしろを殴られたようだ」

と一郎太が思い出したように言い添えた。

秀吉と駿太郎は一郎太を寝せたまま体じゅうを触って、落ちたときに骨折などしていないか調べたが、それはないように思えた。

一郎太は、得物は木刀のような固い物ではなかったと言った。

「何者かな」

と駿太郎が洩らし、

「だれかは分からぬが殴った得物は分かる」

と秀吉が言い切った。

「うん、帆布で造った袋に砂を詰めたものをわしらの大部屋に置いてある。わしら三島丸の水夫はふだん刃物を携えることを許されておらぬ。その代わりにな、なんぞあった場合は、この砂袋を振り回したり投げ付けたりして抗うのよ」

「えっ、水夫に襲われたのか」

一郎太が秀吉の言葉に驚きの声で言った。

「いま大部屋を調べて聞いてみるが、まず水夫の仕業ではないぞ。創玄様を襲う理由はわしらにはない」

と言い切った秀吉が大部屋を調べに行った。

「それがし、下手人の気配を感じもせず殴られたのか」

一郎太が後悔の言葉を洩らした。

「あるいは後ろから砂袋を投げ付けられたか」

駿太郎の考えに沈思した一郎太が、

「ああ、そっちだな。だれぞがこの狭い階段で迫ってきたのなら、いくらそれがしとはいえ気配でわかりますよ、駿太郎さん」

と言ったものだ。

駿太郎はしばし考え、辺りを見回したが砂袋は見当たらなかった。投げた当人が拾って逃げたのだろう。

「三島丸の水夫がさような真似をしたとは思えぬ。考えられるのは」

「国家老一派の者か」

頷き合ったとき、秀吉が戻ってきて、

「やはりふたつほど砂袋が消えておる。わしは主船頭に伝えておく」

と行きかけたが、

「創玄様よ、やった野郎はうちの水夫じゃないぞ。わしらは身内のような繫がりでな、主船頭の命には逆らわん。主船頭に訊かれて嘘を答える野郎はおらん。創玄様に怪我を負わせても水夫にとって一文の得もないわ」

と言い残して消えた。

「一郎太さん、家臣たちのところに戻るよりそれがしが寝ている助船頭の部屋で少し休んでいませんか。砂袋が当ったところを冷やします」

駿太郎は一郎太をゆっくりと起こし、一郎太が船旅の初日に駿太郎と寝た助船頭の部屋に連れていき、部屋の隅に積んであった夜具を敷くと一郎太を寝せようとした。

一郎太は腰の脇差を抜くと、

「それがし、国家老一派に恨まれているのか」

と夜具にうつぶせに寝ながら呟いた。

「一郎太さんを格別に狙ったとは思いませんね。階段を下りようとしたのがそれがしならば、それがしが砂袋を投げ付けられたかもしれない」

というところに炊き方見習の菊次が木桶に水を張り、手拭いを添えて持ってきた。秀吉が命じたという。船では真水は貴重ゆえ秀吉が炊き方に断ってくれたのだろう。

「なにか手伝うことがありますか」

と菊次が聞いた。

「一郎太さんはこのとおりだ。当分頭は痛いかもしれんが大事にはなるまい。菊次さん、炊き方の頭によろしく伝えてください」

駿太郎が水の礼を述べた。

「創玄様、災難でしたね」

と言い残し菊次が去った。

駿太郎が手拭いを濡らして砂袋があたった箇所にあてると、

「おお、ひんやりして気持ちがいい」

と一郎太が両眼をつぶった。

やはり砂袋で打たれたところが痛いのか、と駿太郎が幾たびか手拭いを水に濡らして絞り、患部に当てていると一郎太が眠りこんだ気配があった。

助船頭の部屋に小籐次が姿を見せた。

「どんな具合か」

「寝ています。大事に至らなかったので、当人もほっとしています」

「一郎太を殴った道具は水夫らの使う砂袋じゃそうな」

小籐次が駿太郎に古帆布で造った袋に砂を詰めた得物を見せた。

「これですか」

小籐次から受け取った砂袋は、径が二寸、長さは八寸ほどのものでなかなかの重さだった。

「これで殴られては堪《たま》らんな」

「父上、一郎太さんと話し合ったのですが、一郎太さんが階段を下りる後ろ姿に砂袋を投げ付けたのではないかと推量しました」

「おお、狭い階段で背後から歩み寄る気配は一郎太が気付こうでな。うむ、そうかこの砂袋は飛び道具にも使えるか」

「のようです」

「主船頭と水夫頭と話したが、三島丸の船乗りではあるまい」

「それはありますまい」

と父子が言い合った。

しばし無言で一郎太を見ていた小籐次が、

「なんとも厄介な話を引き受けたものよ」

と悔いの言葉を洩らした。

大名家や直参旗本の内紛に絡んでの騒ぎに小籐次がこれまでも関わったことがなかったわけではない。だが、旧藩の厄介ごとに殿の命で巻き込まれた小籐次はうんざりした表情だった。

「致し方ありません。父上がやれることをなさるだけです」

「ああ、わしにもできんことはあるでな」

と答えた小籐次に、

「父上、三河はどうなりましたかね」

と駿太郎が話柄を変えた。

「おお、三河でもわれら騒ぎに巻き込まれたな。遠い昔のような気が致す」

と応じて、

「田原藩の三宅家は、公儀からなんら咎めはないと思うがのう」

と父子が関わった騒ぎをこう予測した。むろん老中青山忠裕の力を借りてのことだ。

「薫子姫様の三枝家のほうはどうでしょう」

「そちらか。三枝家の一件はやっかいだな。わしの推量だが、老中青山様とは申せ、難しいかもしれぬ」

と言った。

「やはり跡継ぎがおらぬのが難儀ですか」

駿太郎が問うと、

「それもあるが三枝の殿様の所業がなんとものう。博奕狂《ばくちぐる》いのうえに、所領の住人の世話もなにもしておられぬ。そのうえ、直参旗本が賭場の借財をめぐって、不逞《ふてい》な用心棒侍に殺されてはのう」

「そのこと江戸に伝わっておりますか」

「青山様には知らせんでは済まぬでのう、わしが伝えた。となると、当然御目付方が動いておられよう。実態を知らされたとしたら老中も無理はできまい」

「薫子様の身が案じられます」

「おりょうがいっしょに暮しているのは薫子姫にとって心強いことであろう」

「父上、わが一家は、他人様の面倒に関わってばかりですね」

「おお、他人様のために少しでも役に立てればと思うて携わってきたが、旧藩の難儀はなんともな」

と小籐次が悔いの言葉を繰り返した。


御座所では藩主の久留島通嘉が御用人頭水元忠義と船奉行の三崎義左衛門のふたりを呼んで、御徒士創玄一郎太の騒ぎを質していた。

主船頭が近習頭池端恭之助に報告し、池端が通嘉に告げて参勤下番の御召船での出来事に重臣のふたりを御座所に呼んだのだ。むろんその場には池端も同席していた。

「水元、そなた、徒士の創玄一郎太が何者かに背後から殴られ、気絶した出来事を聞いたか」

「なに、徒士とは申せ、背後から殴られるなど不届き千万、抗いもしませんでしたか」

と水元が通嘉の問いとは違った反応を示した。

「予が質しておるのは、そのほうがこの騒ぎをすでに承知しておるかどうかじゃ」

通嘉の怒りの言葉を聞いた水元が、

「それがし、さような騒ぎ初めて知りました。失礼ながら殿はだれぞからお聞きなされましたかな」

と反問した。

「そのほう、参勤行列の船奉行じゃのう。その者が船での騒ぎを知らぬというか」

通嘉が水元の問いを無視して三崎義左衛門に質した。

「重ねてお伺いします。だれの報告にございますな」

と水元は殿の下問には答えず自らの問いに固執した。

さすがに近習頭の池端も水元の藩主を軽んじた反問に、

「水元様、それがしにございます」

と自ら答えた。

「なに、分家上がりの近習頭の注進とな。そのほう、騒ぎを見たか」

「いえ、主船頭より知らせをうけて、殿にお知らせ申しました」

「なに、船乗り風情より聞いただけで騒ぎを確かめもせず殿に注進したとな。いささか軽率ではないか、池端恭之助」

「水元様、船で起こったことを最初に司《つかさど》るのは主船頭にございましょう。こたびの騒ぎ、その場にいた水夫頭が異変発生の直後に主船頭に報せ、同時にそれがしに告げ知らせました。ゆえに一刻も早くと殿にお知らせ申しました。そのどこが軽率と申されますかな」

「おお、軽率じゃ。そのほう、参勤下番の船奉行のそれがしになぜ報告せぬ。船の職務を軽んじておらぬか」

　と三崎が言い放った。

「道中奉行、船奉行の主は、ここにおわす久留島通嘉様にございます。そのお方に近習頭のそれがしが報告したことが軽率とはこれいかに、なんぞ差し障りございますかな。殿は、御用人頭である水元様をお呼びになって最前より同じ問いを繰り返しておられる。参勤交代の頭領のそなた様は騒ぎをご存じではございませんでしたか、あるいは承知にてなんぞ処置をなされておられるのでございますか」

「池端恭之助、そのほうの問いに答える要はなし」

「ならば殿のお問いにお答えなされませ」

池端恭之助が確然とした言動で言い切った。

「この場にそなたが居る要はない、去《い》ね。そのあと、それがしが殿に報告致す」

「騒ぎを知らないものがなにを報告なさるお心算か。またそれがしがこの場にあることは、近習頭としての務めにござる」

「おのれ、殿の信任を勘違いしておらぬか。そのほうにあれこれと言われる要はないわ」

と水元が吐き捨てた。

道中奉行と近習頭は上士として同格だが、年齢は水元が上だった。なにより水元は国家老嶋内主石の片腕であり、江戸藩邸定府の池端恭之助は、江戸藩邸派というより藩主の久留島通嘉に忠勤を尽くす家臣であった。

「池端どの、御用人頭の申されるとおりこの席を外してくれませぬか。船奉行のそれがしが殿と道中奉行の間を取り持ちますからな」

と三崎義左衛門が言った。むろん三崎は、水元と同じく国家老一派だ。

「三崎様、最前から繰り返しておりますが、近習頭としての役目を果たすためにこの場におりまする。それがしの在否をお命じになられるのは殿お一人にございます」

池端が三崎にも応じた。

「困りましたな。さように頑迷では殿の御用も務まりますまい」

「三崎様、殿の御前で非礼極まるのは、水元様であり、三崎様、そなたがたではございませぬか」

「なに、申したな。おのれ、創玄一郎太と同じ目に遭いたいか」

「おや、脅しでございますか」

三崎と池端が睨み合い、水元がなにか言いかけたそのとき、

「ご免くだされよ」

と小籐次が御座所に入ってきた。

水元と三崎が小籐次を睨み、

「下郎、下がりおろう」

と水元が激怒の声を飛ばした。

最前から通嘉は小籐次の登場を待っていたらしく、ほっと安堵の表情を見せた。

だが、口は開かなかった。

小籐次は通嘉に、国家老一派の重臣と話す折は、相手の本音を引き出すよう殿自らは出来るだけ話さないようにと願っていた。その代わり、近習頭の池端恭之助にその場を任せよとも忠言していた。

「水元どの、年寄りは耳が遠うてのう、そなたの怒鳴り声は助かる。とは申せ、殿の御前で不躾なる大声、非礼極まりなしとは思わぬか」

と諭すような口調で言い切り、

「下郎なる言葉、取り消してもらおうか」

「その方、当藩に奉公の折、下屋敷の厩番であったそうな。その者を下郎と呼んでどこが悪い」

思わず通嘉が口を挟もうとするのを仕草で制した小籐次が、

「下屋敷の厩番であったことを生涯忘れはせぬ。じゃが、大昔の話でのう。近ごろは研ぎ仕事で暮らしを立てておるゆえ、旧藩の重臣どのに下郎呼ばわりされる覚えはなし」

「おのれ、殿の寵愛をよいことに」

「水元忠義《ただよし》とやら、そのほうの名はどなたへの忠義《ちゆうぎ》かのう。よう考えてみよ」

「赤目小籐次、そのほうに呼び捨てにされる」

「覚えはないか。研ぎ屋爺がもうひとつだけいうておこうか。わしはこたびの参勤行列の同行、殿様、久留島通嘉様の招きでのう、かように御座所にも勝手気ままに出入りさせてもろうておる。殿の正客を下郎呼ばわりして済むものかどうか、とくと考えてみよ」

水元が通嘉を見た。

「おお、赤目小籐次は予が招いたのだ。水元、なんぞ注文があるか否か」

「申し上げます。参勤交代は、森藩の家臣・中間のみ、研ぎ屋風情の父子を同行するなど公儀に知れたら森藩にどのような沙汰がおりますかな」

と水元が通嘉に言い放った。

「どうだな、水元の言葉」

「これまでのこの者の言動のなかでいちばん良き発言かと思いまする」

「殿、当人さえかように申しておりますぞ」

「この赤目小籐次、さるお方を通じて公方様に、わが先祖と関わりがある大山祇神社に詣で、伊予水軍の支配地であった三嶋や来島を訪ねることを告げてお許しを得てござる。その折、公方様は、『土産話が楽しみじゃ』と申されたそうな。水元忠義、そなた、公方様の言葉に逆らうや」

小籐次がいささか虚言を加えて大仰にも言い放つと通嘉は、

「おお、予は知らなかったぞ。公方様はさよう申されたか。そうじゃ、駿太郎の差し料は公方様より拝領の刀、備前古一文字則宗であったな」

「いかにもさよう」

と応じた小籐次の眼前にて水元の袖を三崎が引いて、

「この場はいったん退散いたしましょうぞ」

と小声で囁いた。だが、その場の者の耳には十分届いていた。

「水元忠義、そのほうに土産があるわ」

小籐次が懐から砂袋を出してふたりの膝の前に投げた。

ぎょっ
としたふたりが口を開きかけたが言葉は出てこなかった。

「そのほうら、これがなにか分かったようだな。創玄一郎太を後ろから襲った砂袋よ。よいか、水夫たちが身を守る得物がなぜ、この御座所の階下、そのほうらの詰め所にあるな」

茫然自失した水元と三崎の表情が全てを物語っていた。

ふたりが蹌踉《そうろう》と立ち去ったあと、池端恭之助が、

「赤目様、あの者たちの詰め所に忍び込まれましたか」

「なあに、水夫頭より借り受けた砂袋よ。役に立ったようだな」

とぬけぬけと小籐次が言い放ったものだ。

三

数日後、三島丸はゆったりとした速さで、到来する風雨の様子を窺うように備讃瀬戸を進んでいた。この瀬戸をとくと承知なのは、主船頭の利一郎と助船頭の弥七だけだった。

ほかの水夫たちはふたりの命のままに動いていた。

駿太郎や与野吉にいたっては、同じ海面をぐるぐると廻っている感じがした。

嵐の到来を確信した水夫たちはそれぞれの持ち場で神経を使って仕事をしていた。

水夫たちは主甲板の積み荷を縛った縄を改めて縛り直し、不必要な道具を片付けるなど作業に励んでいた。

駿太郎も水夫たちの動きを見て、助勢の要るような場所に加わって働いた。

一方、創玄一郎太の後頭部の瘤は腫れも熱も痛みもとれ、回復の兆しが見られた。だが、打撲が軽くなったと思ったら、暴風雨の前触れの揺れに一郎太は激しい吐き気に見舞われていた。

駿太郎は作業の合間に一郎太が桶に吐いた物を海に流し、すでに降っている雨で桶を洗い、一郎太の寝床に持っていった。

御座所の久留島通嘉、父の小籐次、近習頭の池端恭之助がどう過ごしているか、聞き出す余裕はなかった。

池端家の中間の与野吉が風雨の弱まった折に主甲板に姿を見せて、

「殿とわが主は、船酔いに寝込んでおられます」

と報告した。

「父はどうしておりましょうか」

「さすがに伊予水軍の末裔の赤目小籐次様ですね。独り船酔いもなく、酒を飲みながらふたりのお世話をしておられます」

と伝えてくれた。

「駿太郎さん、淀川三十石船を見舞った風雨が凄いと思うておりましたが、海を吹きすさぶ烈風は、一段と凄みを感じさせて怖いですね」

「それがしもそう思うています」

との問答を聞いた水夫頭の秀吉が、

「ご両人、こりゃ、未だ嵐が本式に到来しているわけではありませんぞ。前触れにしかすぎません。これからほんものの嵐が襲いきます、楽しみにしておりなされ」

「水夫頭、周りには船の姿が見えません」

と大きく揺れ始めた主甲板の床に両足を踏ん張った駿太郎が秀吉に応じた。

「おお、和船拵えの船は、荒くなった波が甲板から船倉に流れ込みますでな、早めにどこかの湊に避難して雨風が過ぎるのを待つ心づもりじゃな」

「うちの三島丸は大丈夫なんですか」

不安げな声で与野吉が秀吉に質した。

「和洋折衷の三島丸の船体は頑丈だし、甲板は水が船倉に入り込まぬ水密造りじゃでな。それにうちの主船頭ほど、この備讃瀬戸を承知の船長《ふなおさ》をわしは知りません。まず安心しなされよ」

とふたりに言った。

「主船頭は江戸育ちと聞きましたが、江戸から遠くの瀬戸内の海をなぜかようにも熟知しておられますか」

駿太郎が前々から知りたかった問いを発した。

「おお、主船頭の爺様も親父様も船長でな、男の子は物心ついた折から船に乗らせられるんじゃ。そんなわけで主船頭を四つ五つのころからわしは承知でな。わしが幼い利一郎ちゃんと知り合ったのは、安芸広島藩の御用船に乗っていてな、爺様が船長で瀬戸内の灘を往来していた折りよ。それで爺様が亡くなったと思ったら、親父様も直ぐに身罷ってよ、利一郎さんが十七、八でよ、いっぱしの船長に就いたというわけじゃ。ためにこの備讃瀬戸を数えきれないくらい往来してきたんじゃ」

秀吉が駿太郎の知らぬ主船頭の育ちを話してくれた。

「十七、八で船長ですか」

「珍しくあるまい」

「このような大船を操るのですよ」

駿太郎が風雨に揺れる三島丸を見廻した。すると、

「赤目駿太郎さんはいくつじゃ」

と秀吉が反問した。

「十四歳ですが」

「十四で大人の剣術家など屁とも思うておるめえ」

「それがしは剣術が好きなだけです」

「それよ。利一郎さんも船と海が好きで好きでたまらんのよ。十七、八で船がおもちゃなんじゃよ」

「そうでしたか。利一郎さんも爺様や親父様を見倣ってこられたのですね」

「それがしも物心ついた折には腰に木刀を差して父の真似をしておりました」

「おお、利一郎さんの親父様が早死したこともあってな、二十歳前から安芸広島藩の浅野様の御用船を操ってきたんじゃ。異国船を操る術を十分に承知しておられるわ。一方、駿太郎さんも親父様が天下の赤目小籐次様、十四歳で腰には公方様から拝領の刀を差すほどの剣術家よ。才のある人がよ、昼夜を問わず好きなことに没頭すればよ、利一郎さんや駿太郎さんが出来上がるのよ」

「水夫頭、さような人はこの世に滅多におられません」

　と与野吉が問答に加わった。

「おお、おらぬな。だがよ、与野吉さん、おまえさんの乗る三島丸には、そんな才人がふたりも乗っておるのじゃぞ、かようなことはまずない。ゆえに嵐の前触れほどの風雨など屁とも思わず備讃瀬戸を抜けきれるのよ。安心しなされ」

と自信をもって言い切った。

「うーむ、水夫頭の話を聞いていたら、却って気持ちが悪くなりました。凡人の中間は船室に戻ります」

与野吉がそういうと主甲板から早々に姿を消した。

駿太郎の頭上では風を受けた帆がばたばたと鳴っていた。

「おーい、水夫頭、主帆を五分下ろしにせえ」

艫矢倉の舵場から助船頭の弥七の声が響いてきた。

「畏まって候」

と受けた秀吉と駿太郎のもとへ茂が船の揺れに合わせながら姿を見せ、帆端の先端から船首にかけて張られた太い麻綱、筈緒《はずお》を緩めるべく神楽桟を操作した。さらに仲間の水夫の助けで蟬から船尾に張られた身縄を操作して秀吉らを助けた。

秀吉が、

「もう少し下げんかえ。帆桁が風に煽られているぞ」

と叱咤した。

「へえ、頭」

「畏まって候」

と答えた茂と駿太郎は、仲間の手を借りてなんとか五分下ろしの作業をやり遂げた。

「どうだ、これではいくら才人でも剣術の稽古はできめえな」

茂がからかうように言った。

「いえ、稽古をやりとうございます」

駿太郎が木刀を握り、舳先側の稽古場に移動しようとしたとき、風向きが不意に変わって船が大きく傾いた。

その瞬間、主甲板に山積みになっていた上部の荷が茂の体の上に落ちてこようとした。

「危ない」

駿太郎は咄嗟に木刀を捨て、茂に飛びつくと体を抱え込んで左舷側の船縁に転がった。

どさり、と重い積み荷が茂のいた場所に落ちてきた。

「だれじゃ、間抜けな荷積みをしたんは」

水夫頭の秀吉の怒鳴り声が響いた。

「親父、おれじゃ」

と顔を引き攣《つ》らせた茂が体を起こした。

「なに、おまえやて、茂。見習に戻りたいか」

怒声がさらに茂に向けられた。

「水夫頭、おかしいぞ。おりゃ、しっかりと麻縄で括ったがのう」

と茂が疑問を呈し、

「水夫の言い訳はならんとおれが教えなかったか、茂」

と秀吉がさらに叱った。

駿太郎は落ちてきた荷に掛かっていた麻縄を摑んでみた。なんと何か所か刃物で切られた跡が確かめられた。

「水夫頭、茂さんのせいではありません。見てくれませんか、この麻縄を」

駿太郎が差し出す麻縄を見た秀吉が、

「くそったれめ、許さんぞ。どやつがこんな真似をしやがった」

水夫頭の怒りは一段と激しくなり納まりそうになかった。

「駿太郎さん、助かった。この荷の中身は知らぬが滅茶苦茶重いでな、おりゃ、駿太郎さんが抱きかかえて船縁に転がらなければ死んでいたぞ。駿太郎さんは恩人だ」

「そんなことはどうでもようございます。荷積みの麻縄を調べませんか」

「おお、それが先ぞ」

秀吉もいい、ふたりが揺れる船に積まれた荷に這い上がった。

駿太郎と茂は、たまたまふたりが居た場所にひとつだけ積み荷が落ちるように縄が切られていたことを確かめた。

そのとき、なんと砂袋が荷と荷の間に落ちているのを駿太郎が目に止めて摑んだ。

「水夫頭、こいつを受け取ってくだされ」

主甲板にいる秀吉に駿太郎が投げると器用に受け取った水夫頭が、

「なんてこった。わしらの得物の砂袋をどやつが置いていったか」

「いえ、縄を切るとき、落としてしまったのでしょう」

「そうか、そうだな。この一件、主船頭に知らせてくるでな」

と切られた麻縄と砂袋を手に水夫頭が艫矢倉の主船頭のところに向かった。

駿太郎と茂は主帆柱下に落とされた積み荷を再び元の場所に戻し、縄でしっかりと固定する作業に入った。

「駿太郎さんよ、森藩は大丈夫か。高々一万二千五百石の大名の家来が二派に分かれて、足の引っ張り合いじゃぞ」

と茂が言った。

「厄介ですね。父の先祖の伊予水軍が活躍した海や島は見たいですが、内紛には関わりたくありません」

「おお、赤目様とよ、駿太郎さんは森藩とは関わりないんじゃ。どうだ、久留島の殿様が海賊だったころの来島で下船してよ、三島丸が摂津に戻る折によ、拾っていくように主船頭に頼んでみてはどうだ」

と茂が言い出し、

「それを決められるのは父上です。父上は、いったん約定したことを途中で止めることは決してしません。まして旧藩の殿様からの頼み事ですからね」

と駿太郎が答えた。

「頼み事ってなんだ」

「さあ、父上しか承知していません」

「おれが考えるによ、この荷を落としておれを殺そうとした輩を赤目様と駿太郎さんが叩きつぶすって話じゃないか」

茂は殺されかけた衝撃が未だ胸にくすぶっているのか、大胆に推量を言い放った。が、当たらずといえども遠からずと駿太郎は思った。

「ともかく父上もそれがしも乱暴な話に加担はしたくありません」

「だからよ、来島辺りで下船してよ、三島丸を待てといっているんだよ」

「来島か、無理だろうな」

茂と駿太郎の話は堂々めぐりしていた。

「駿太郎さん、赤目様から教わった剣術は来島水軍流というんだよな」

「はい、そうですけど」

「なぜ来島というか知っているか」

と茂が話柄を変えた。

「謂われですか、知りません」

「今治の波止浜《はしはま》の沖合に浮かぶ小島を来島と呼ぶようになったのはよ、小島の周りの潮の流れが激しくてよ、時に潮向も変わるのよ。それでな、土地の人は、『狂《くる》う潮《うしお》』と呼んでいたものがよ、いつしか、『くるしま』になり、『来島』と書かれるようになったんだとよ」

駿太郎は新米の水夫の顔を見た。そんなことは父も知らないだろうと思ったからだ。

「来島水軍流の来島にはそんな曰くがあったのですか。茂さんは物知りだな、驚きました」

「へっへっへへ。主船頭が水夫頭に説明していた話の受け売りよ。でもよ、駿太郎さんの刀や木刀の使い方は、『狂う潮』と思わないか」

「えっ、それがしの刀の使い方は『狂う潮』の言葉のように激しくはありませんよ」

「そうかな。おりゃ、そう感じたがな」

ふたりの下に主船頭の利一郎が秀吉といっしょに姿を見せた。

「荷を戻したか、茂」

「荷を戻さない方がよかったか、主船頭」

「いや、嵐が本式に来る前に積み荷をきちんとしておくのはいいことよ」

「駿太郎さんに手伝ってもらったんだ」

「それより命を助けられたんじゃないか。礼を言ったか」

「おお、言ったぞ。でな、おれ、考えたんだ」

「なにを考えたというか」

「おれが狙われたんじゃないよな、だれでもよかったか、あるいは駿太郎さんを」

「狙ったというか」

「違うかね。ともかくよ、だれがやりやがったかだ」

「下手人の見当はついておるわ」

と主船頭が言い切った。

「おおっ、だれだ」

「茂は知らんでええわ。おれの船でひと殺しを働こうなんて、そやつが何者でも許さねえ」

と言い切り、

「駿太郎さん、しばらく黙って見守っていてくれないか」

と利一郎が願った。

「むろんです」

と応じると利一郎が秀吉を連れて艫矢倉へと戻っていった。

駿太郎はしばらく体を動かさずにいたので雨に濡れた体が冷えていた。

「茂さん、それがし、稽古をします」

と舳先矢倉の下の「稽古場」に行き、木刀の素振りを雨に向かって繰り返した。

茂は最初こそ駿太郎の木刀の素振りを見ていたが、

「駿太郎さん、体が冷えた。おりゃ、部屋に帰って着換えるぞ」

と姿を消した。

独りになった駿太郎は無念無想、単純な動きを丁寧に、気を抜かずに繰り返していると時の経過も忘れ、体が冷え切っていたことも忘れた。

三島丸は塩飽諸島の島々の間を風雨にさらされて大きく小さく揺れながら、複雑な地形と波間を巧妙な利一郎の操船で進んでいた。

駿太郎も時に雨風のなかで近づく島影に恐怖を感じ稽古を止めることもあった。いくら小島とはいえ、三島丸がぶつかればひとたまりもなく船体が破壊されて沈没するだろう。

そんな不安に苛《さいな》まれていたが、同時に秀吉から聞いた主船頭利一郎の技量を信じる気持ちもあって、

(なにくそ、この程度の風雨に平常心を失うなんて)

と己を叱咤して木刀を振り続けた。

不意に小籐次が姿を見せた。

「父上、なんぞございましたか」

「御座所は殿も池端恭之助どのも船酔いで苦しんでおられるな。だが、こればかりは嵐が去るのを待つしかあるまい」

「吐いておられますか、おふたりは」

「もはや吐くものも胃の腑に残ってないようで、却って苦しんでおられるわ」

「父上、主船頭の利一郎さんは爺様も親父様も安芸広島藩の御用船の船長だったそうで、四つ五つのころより瀬戸内の海を承知しておられるそうです」

「なに、江戸の出の主船頭はそのように育ったか。なかなかの操船ぶりと思ったが、この海を承知であったか」

「秀吉さんに聞いたのです。瀬戸内の海でもこの備讃瀬戸がいちばん厳しい海だそうです。だけど、水夫方のだれひとりとして脅えてないのは、利一郎主船頭の腕を信頼しておるからです」

「安芸の浅野様の御用船の船長を務める一族がまたなぜ森藩のような小藩の三島丸の主船頭を勤めておるのかのう」

　と小籐次が独りごちた。

「秀吉さんの言葉から推量すると、主船頭の利一郎さんは和洋折衷の造りの三島丸の操船がしたくて水夫たちといっしょに乗り代えたのではないでしょうか」

「利一郎さんはそれほど船が好きか」

「のようです」

駿太郎の説明に得心した小籐次が、

「駿太郎、この雨は体を冷やす。船室に戻り、着換えよ。われら、利一郎主船頭に一命を委ねて嵐と戦わねばなるまいでな。風邪などひいておれぬぞ」

と命じた。

「はい。嵐との戦いは未だ始まったばかりのようですね」

「この嵐、じわりじわりと襲来しおるわ」

と小籐次が言い、駿太郎を伴い、舳先の「剣道場」から中層甲板の大部屋に戻ることにした。

四

江戸の芝口橋北詰の紙問屋久慈屋では、見習番頭の国三が店の道具の手入れの合間に、この界隈の裏長屋のかみさん連が持ち込む出刃包丁や菜切包丁の研ぎ仕事を勤めていた。そんな国三のここのところの働きぶりを赤目小籐次と駿太郎父子の紙人形が見詰めていた。

昼下がりの刻限だ。

「おい、新米番頭さんよ、天気がよ、崩れそうじゃないか」

国三の前に人影が立ち、声をかけたのは言わずと知れた読売屋の空蔵だ。

「困りましたね。うちは紙問屋、雨や湿気はいちばんの大敵です」

「おう、そういうことだな。なんぞ面白いことは転がってないか、番頭さんよ」

と言いながら空蔵が国三の前にしゃがんだ。

「私、新米番頭が研ぎ仕事をしているほどです。どう考えても面白い話はありませんね。空蔵さんも研ぎ仕事を手伝いますか」

「なに、読売屋のおれに研ぎ仕事を手伝えだと。どうせ長屋の女衆は研ぎ賃も払わないんだろ」

「私の研ぎぶりではお足をもらうなんてできません。赤目様父子の留守を人形といっしょに守っているだけです」

「おお、そうだよな。一文にもならない研ぎ仕事をしてもつまらないや。錺職《かざりしょく》の桂三郎《けいざぶろう》さんとお夕《ゆう》さんの親子はどうしているな」

「あちらは商売繁盛、忙しいようですよ。そろそろお夕さんが早上がりして新兵衛さんの面倒を見る時分ですね。長屋を訪ねられてはどうです」

「勝五郎さんからよ、仕事の催促があるだけだ。なんぞ稼ぎ仕事を持っていかないと行き難いな」

「困りましたね」

「困ったな。旅の最中の赤目親子からなにか言ってこないか」

と言いながら空蔵がぴしゃぴしゃと人形の赤目小籐次の頭を叩いた。

「空蔵さん、うちの看板になにをなさるのです。罰があたりますよ」

国三に注意された空蔵が慌てて手を離した。

「ほんものの酔いどれ小籐次じゃ、こんなことできないよな。せいぜい紙人形だからよ、できるのだ。見逃してくんな」

「ダメです。久慈屋の大看板、ご神体です」

「ご神体ね、大げさじゃないか」

「大げさではありません。ともかく赤目様父子からはなんの文も届いていません。大番頭さんの話ですと、今ごろは瀬戸内の、播磨灘だか、備後灘だかを船で豊後に向かっておられる頃合いだそうです。京、大坂より遠い瀬戸内から江戸へはそうそう文は届きませんよね」

「まず届くまいな」

空蔵が腰を上げかけたとき、久慈屋の店前に乗物が止まった。

「おや、田淵代五郎様ではありませんか」

幾たびか会ったことのある森藩江戸藩邸の家臣が随従しているのを見て、国三が声をかけた。

「おお、国三さんか。なに、赤目様父子に成り代わって研ぎ仕事ですか、ご苦労ですね」

と応じた田淵が乗物に視線を向けた。

「本日はそれがし、森藩江戸家老長野正兵衛様を案内してこちらに参ったのだ」

田淵の声に大番頭の観右衛門が反応して顔を上げ、

「おおっ、赤目父子になんぞあったか」

と空蔵が思わず声を上げた。

陸尺《ろくしゃく》が乗物の扉を開き、江戸家老の長野正兵衛が降り立った。初老の長野は角地に建つ久慈屋の店構えをしげしげと見廻した。

「番頭さん、ご家老を店座敷に案内なされ」

と観右衛門から声を掛けられた国三が、

「田淵様、ご家老様を店座敷にご案内してようございますか」

と願うと、田淵がこくりと頷いた。

当の江戸家老の長野は、赤目父子の紙人形に目を止めた。

「久慈屋では赤目父子の人形が留守を務めておるか」

と紙人形に歩み寄り、興味深げに見た。

「ご家老様、ほんものの赤目父子はそちら様の参勤交代に従い、江戸を留守にしているんでね、人形が久慈屋の看板を勤めているんですよ」

と空蔵がこの時とばかり食いついた。

「そのほう、何者か」

奉公人とは思えない空蔵に長野が質した。

「へえ、わっしは赤目父子ともこの久慈屋とも親しい読売屋の空蔵でございましてね」

と言い出した空蔵に観右衛門が、

「国三、ご家老を早々に店座敷に案内なされ」

と慌てて命じた。

「大番頭か。それがし、森藩の長野である」

と長野が名乗ると、

「は、はい」

と観右衛門は応じながらも空蔵のことを気にした。初めての訪問者の用件次第では、読売屋の空蔵が関わらないほうがよいと判断したからだ。ところが長野は平然としたもので、

「そのほう、芝口橋で読売を売っておるな」

と空蔵に関心を示した。

「へえへえ、森藩の奉公人であった酔いどれ小籐次ネタは、わっし、空蔵が握っておりましてな」

「それがしもそのほうの読売、読んだことがあるわ」

空蔵がしめたという感じの表情を見せたが、

(ううん、森藩の江戸家老、読売屋の恐ろしさを知らないか)

と観右衛門は困った顔をした。

久慈屋に出入りする大名家は石高が十万石以上の中大名から大大名が多い。森藩程度の小名は、とても紙問屋久慈屋に出入りは出来なかった。

そんな長野がつかつかと店に入ってきて帳場格子の前に立ち、

「大番頭、わが殿は参勤下番の途次であるが、その参勤に同道している近習頭から書状が届いてな、赤目父子の淀川三十石船での活躍ぶりが認《したた》めてあった。そこで親しい付き合いという久慈屋に知らせに参ったのだが、読売屋が居合わせたのは幸《さいわい》ゆえ、いっしょにそれがしの話を聞かせようと思うがどうか」

と言い出した。

「ほうほう、それはなんとも宜しきお話ですな」

と空蔵がもみ手をした。

「ご家老、その文、赤目様父子にも森藩にも差し障りのある話ではございませんな」

「江戸藩邸の家臣池端恭之助からの文でな、淀川で乗った船が大嵐に襲われた折の赤目父子の奮戦ぶりが克明に認めてあるのだ。池端が付記してきたところによると、この手の話は赤目小籐次好きの江戸っ子が大喜びし、森藩の評判も上がると申すのだがな、どうかのう」

と江戸家老の長野が質した。

「ご家老、それは大喜びします、間違いございません」

と空蔵が言い切った。

観右衛門は、隣に座す若い主の昌右衛門を見た。

「さような話なれば、江戸の方々が喜ぶ前に読売屋の空蔵さんが大喜びでございましょうな。すでに満面の笑みですよ。大番頭さん、長野様のお相手をしつつ、空蔵さんに釘を刺すことを忘れんでくだされよ」

昌右衛門が長野の相手を願った。

店座敷に江戸家老の長野と読売屋の空蔵のふたりが観右衛門に案内されて招じ入れられ、田淵代五郎は乗物の傍らに残っていた。その田淵を国三が、

「帳場格子の主の相手をしてくださいませんか」

と店のなかに入れた。

田淵も池端恭之助の書状の概要は承知していると推量してのことだ。

「主どのに話してよいのかな」

「ご存じですよね」

「池端様の書状を読んだご家老は、江戸藩邸の家臣を集めて話されたで、それがしだけではのうて多くの家臣が承知じゃぞ」

「ならば、うちの主の昌右衛門に話してもようございましょう」

国三が田淵を昌右衛門の帳場格子の前に連れて行った。

半刻後、空蔵が小躍りしながら店に姿を見せて、

「昌右衛門さん、明日は久しぶりに芝口橋に大勢の人を集めますぞ」

と言い残して新兵衛長屋に飛んでいった。

赤目一家が江戸を留守にして新兵衛長屋の小籐次の仕事場が空いているので、そこで原稿を書く心算だろう。

江戸家老の長野正兵衛は、観右衛門とさらに四半刻話し込み、満足げな顔で店に出てくると、

「そなたが久慈屋の主じゃそうな、知らぬとは申せ、最前は挨拶もなしで失礼したな。赤目小籐次と駿太郎父子同様に森藩江戸藩邸もよろしくお付き合いあれ」

と言い残すと昌右衛門の返事も聞かずに、さっさと乗物に乗り込んだ。江戸家老は性急な気性と昌右衛門には見受けられた。

慌てて田淵代五郎が乗物のところに飛んでいき、乗物は芝口橋を渡って行った。

最後に観右衛門が店に戻ってきて、

「旦那様、森藩の江戸家老様は、性急にして能天気ですがあれで大丈夫でしょうかな」

と首を捻った。

翌日の昼前の刻限、読売屋の空蔵が下働きの奉公人ひとりを連れて芝口橋に姿を見せた。それを見た国三が急いで空蔵が乗る台を橋へと運んでいった。

「番頭さんよ、久しぶりの小籐次ネタだ。熟慮に熟慮を重ね、推敲を繰り返した読み物よ。近年にない傑作だぞ」

「勝五郎さんはどう言うておりました」

「裏字彫りの勝五郎は、鼻でな、ふんふんふん、と言いながら仕事をしていたな。あれでおれの傑作が分かったのかねえ」

勝五郎は彫職人だ。空蔵が書いた原稿を裏にして版木に張り付け、裏字で彫っていくのだ。常々、

「おりゃ、真っ当な字は読めねえ。だがよ、裏字なら読める」

と威張っていた。

「勝五郎さんは空蔵さんの読売を最初に読むお方ですよ、ふんふんふん、は的を射ているんじゃないですか」

「どういうことだ、番頭さんよ。ふんふんふん、は傑作だというのか、それとも

駄作だというのか」

「そこですね」

ふたりは堀の流れを見ながら話していた。

空蔵が口上を始めるのは国三が運んできた台に上がった瞬間だ。

いまはまだその時ではない。国三とお喋りしながら気を高めていた。ともかく小籐次ネタの最初の口上披露は芝口橋と決まっていた。ここで反応がいいと日本橋では何倍も多く読売が売れるのだ。

「読売に傑作はいけません、いい加減なほうがこれまでも売れましたからね。傑作なんて言葉を使わないほうが売れると思いますよ」

「ほうほう、久慈屋の新米番頭は、なかなかの読売通だな」

「私だって長年の空蔵さんの口上聞きです。どのような口上のときが売れるか分かります」

「ふーん、口上初披露を前に新米番頭国三さんにやられたか」

と呟いた空蔵が、よし、と自らを鼓舞すると往来する人々に眼差しをやった。

そして、奉公人を見て使い込んだ竹棒を片手に、読売の束を左腕に垂らし、台に上がった。

それを確かめた国三は、すっ、と身を引いて店へと戻った。

「東西とうざーい、御用とお急ぎでないお方は、と言いたいがこの空蔵の読売だ。多忙な方々こそ足をとめないと損をする酔いどれ小籐次ネタですよ」

と芝口橋を往来する人々の頭上へ竹棒を回した。すると人々が竹棒に吸い寄せられるように一気に空蔵の周りに集まってきた。

「ほら蔵さんや、赤目小籐次様一家は旅に出ておられようが」

芝口橋界隈で半日をつぶす酒問屋鍵屋の隠居が絡んできた。

「ご隠居、ようご存じだ。酔いどれ小籐次が江戸を留守にして酒の売上げが減りましたかな」

「うちの商いを案ずるより読売の売行きを案じなされ」

「おきやがれ、鍵屋の隠居さんよ。いいかえ、上方は淀川三十石船、それも大名船に乗った酔いどれ小籐次様から直々にわっし宛ての文が届いたと思いねえな」

この辺りは読売屋の虚言だった。

「おめえ宛てじゃあるめえ。酔いどれ様の大看板が留守番をしている久慈屋にだろうが」

むろん客も承知の上で掛け合っていた。

「おい、職人さんよ。そんな些細なことを突くんじゃないよ。いいかえ、酔いどれ小籐次一行の乗った夜船は京の伏見から摂津大坂まで十一里余り突っ走ると思いねえ。一日に何百艘もの乗合船で九千人もの乗合客が往来する淀川三十石船になんと上方でも何百年ぶりという大嵐が襲いかかったんだよ」

「待ちなされ、空蔵さんや、何百年ぶりの大嵐なんて、どうしてわかるんだえ」

「ご隠居、細かいことは言いっこなし、と最前から願っているだろ、何百年といったら何百年なんだよ。いいか、ここからが本当の話だ。酔いどれ父子が乗った大名船も、十数艘の三十石船も岸辺に寄って舫わざるをえなくなるほどの大嵐だ。淀川の流れは速くなり、増水して三十人が乗った三十石船が次々に転覆し、無数の死人が出る有り様だ。こりゃ、真のことですよ。さあて、どうする。天下一の武人、酔いどれ小籐次と駿太郎父子が黙ってみているわけもあるまい」

「おお、酔いどれ様が見過ごしにするわけもねえよな」

「駿太郎さんに酔いどれ小籐次が手本を示すよな」

と台の上の空蔵の周りに集まった群れのなかから声がかかった。

「おお、よう言うた。馬糞《まぐそ》拾いの兄さんよ」

「だれが馬糞拾いだ。おりゃ、長屋の雪隠《せっちん》回りだ」

「変わりはねえな」

と空蔵がひと息入れて、

「風雨が激しく襲いかかる大名船の檜皮《ひわだ》葺きの屋根に上がった赤目小籐次様が自慢の刀、備中の刀鍛冶鍛えし次直を嵐のなかへと抜き放ったな」

「おうおう、駿太郎さんはどうなったよ」

空蔵が一拍おき、口調を変えた。

「ご隠居、ここから先の父子の行い、この空蔵が知恵をしぼり、精魂籠《こ》めた読売を読んでくんな。上方の面々も酔いどれ様親子の行いにぶっ魂消たことは間違いなしだ。いいかえ、どんな災難が襲いかかろうとも、赤目親子の敵じゃねえって話だ。これで四文が高いなんぞとぬかす野郎は、読売屋ほら蔵の客じゃねえ。四文は突っ返すからよ、他の読売屋のケチくさい話を読みな」

空蔵の煽りに客たちが、

「よし、買った。三枚くんな」

「おれは五枚だ」

とたちまち空蔵と奉公人が携えてきた何百枚もの読売が一気に売れた。

「国三、そなたののせ方がようございましたかね。ひと息に捌《は》けたではありませんか。この分ならば日本橋では何倍も売れましょうな」

久慈屋の帳場格子で観右衛門が国三に声をかけたところに空蔵がひとり戻ってきた。奉公人は日本橋で売る仕度に店へとかけ戻ったようだ。

「久慈屋の旦那様、大番頭さんよ、お陰様で上々吉の出足ですよ。さすが酔いどれ小籐次の名は強しだね」

「いえ、空蔵さんの口上がようございましたよ」

「ありがとうございます。ここに三枚ほど残してございます。わっしがない知恵を絞って書いた読売を置いていきますでな」

と謙虚な口ぶりとともに三枚を渡した空蔵が、

「さあて、日本橋で大商いだ」

と言い残すと久慈屋を飛び出していった。

「こちらが嵐に襲いかかられたような塩梅ですな、旦那様」

「いや、売れてようございました。うちの後見の赤目小籐次様親子の淀川での風神様鎮め、しばらく江戸での語り草になるのではございませんかな」

と昌右衛門がいうところに隠居の五十六《いそろく》が一枚の読売を握りしめて表から姿を見せ、

「いやはや、なんとも慌ただしい商いがあったものですな」

と言った。

「お父つぁん、どうしたの」

と奥からおやえが出てきて問うた。

「過日、おりょう様が送ってきた三河の海の絵を表装させましたな、そろそろかと思って取りに参りました。いや、行きに寄ろうか帰りに寄ろうかと迷いましたが、いやはやあの騒ぎでは、おりょう様の絵が無茶苦茶になるところでした」

と五十六が安堵の顔をした。

その顔が不意に険しくなった。

「お父つぁん、どうしたの」

「まさか」

「まさかって、なによ」

「赤目小籐次様方は、摂津大坂から豊後に向かって御座船に乗っておられましょうな。いくらなんでも瀬戸内の灘でも新たな災難に襲われてはおりますまいな」

と思い付きを洩らし、西の空を見た。

第五章　先祖の島

一

三島丸は塩飽諸島を抜けて、燧灘に差し掛かろうとしていた。昼前の刻限だ。

嵐はじわりじわりと勢力を増して三島丸に襲いかかってきた。そのせいか、夕暮れのような暗さが海を覆っていた。

駿太郎はもはや水夫たちと同じように仕事をこなしていた。

「妙な嵐によ、主船頭は真っ向から立ち向かっておられるわ」

老練な水夫頭の秀吉が鈍色の空から叩きつけるように襲いくる風雨を見て呟いた。

「水夫頭、どこが妙じゃ」

と笠と蓑をつけた茂が問い返した。

「嵐もよ、海の上で怖いのは雨より風よ、波が風に従って強くなっておろうが。そんなよ、強い風と波に主船頭は立ち向かうように突っ込んでおられるわ」

「なんぞ主船頭に考えがあるのかな、頭」

「さあてな、いつもは無理をする主船頭ではないがのう。もはやほぼ備讃瀬戸は過ぎておる。いつもなら、佐柳島《さなぎしま》の本浦《ほんうら》辺りで湊に入ろうが。それがこのままじゃと、時化《しけ》と燧灘のど真ん中でぶつかるのと違うか」

秀吉が洩らしたがその口調は、主船頭の操船に疑いを挟んでのことではない。

「いつもと違う走り」に関心を寄せて、おもしろがっている感じが駿太郎はした。

「ふだんの航海と違いますか」

と駿太郎も聞いた。

「おお、いつもと違って強引かのう。じゃが、主船頭には思惑があるのと違うか。この走りじゃと、三嶋に着くころに嵐の本体が来よるぞ」

「水夫頭、下りの折は三嶋への入り口は、狭い水路がごちゃごちゃあってよ、小さな島や岩場にさえぎられておらぬか」

「おお、この航路ならば伯方島《はかたじま》側から入るな、厄介よのう」

秀吉が応じた。

「もしかしたら駿太郎さんに関わりがないか」

と茂が言い出し、

「それがしがですか、初めての瀬戸内の海ですよ。なんの関わりがありましょう」

と駿太郎が頸を捻った。

「親父様と駿太郎さんらは、淀川三十石船の下りでよ、嵐に見舞われたというたな。その折、赤目様と駿太郎さんは何かなさなかったか」

淀川下りで暴風雨に見舞われ、赤目父子が為した行いは、いつの間にか三島丸に乗り組んだ水夫に知れ渡っていた。

「はあ、父上が屋根船の上で刀を翳して来島水軍流の正剣十手を演じ始め、それがしも加勢をして脇剣七手まで演じました」

「そしたら、どうなったよ」

茂は承知の話を駿太郎に質していた。

「はい、激しい風雨が偶さかでしょうか、鎮まりました」

「おお、それかもしれんな。主船頭は、燧灘で赤目様親子の剣術を試そうとしておるのではないかのう、どう思う、駿太郎さんよ」

秀吉が問うた。

しばし沈思した駿太郎が、

「三島丸には殿様、久留島通嘉様も乗船しておられます。さような無茶を主船頭がするとも思えません。われら父子が淀川で演じた来島水軍流と風雨の鎮まりは偶さかだったとも考えられます」

「おりゃ、水夫頭の言い分が当っていると思うな」

と茂が言ったとき、艫矢倉の方角から、

「人が落ちたぞ」

という叫び声が風に抗して聞こえてきた。

「なんだと」

と洩らした秀吉が、

「茂、麻縄じゃ」

と命じた。

おお、と応じた茂が舳先矢倉下の収納庫へ走って麻縄を取り出した。その端には木片が付けられていた。

三島丸が烈風のなか、反転を始めた。

舳先矢倉に秀吉が上がり、縄を解いて木片を海に投げ込んで転落した人間に摑ませようと企てた。だが、荒れた波間に転落者の姿を見つけるのは至難の業だった。

長崎で異人帆船に倣って造られた三島丸が主帆をばたばたと響かせて必死の反転作業に移っていた。

助船頭の弥七が舳先矢倉下にきた。

「落ちたのはだれや」

と秀吉が訊いた。

「水夫ではないぞ。告げ口弁松だという者がおるわ。侍であることは確からしい。船奉行の三崎様が三島丸の反転に『なぜ船を戻す』とえらい勢いで主船頭に文句をつけたが、『操船は主船頭の務め』と突っぱねたわ。それにしても船酔いで寝込んでいるはずの佐々木弁松がどうして甲板から転落したか分からぬ」

と弥七はいうのだ。

「船奉行支配下の佐々木様ですね」

「おお、だがこの荒れ模様の最中、一瞬見ただけではだれと言い切れめえ」

と秀吉が言い、

「ともかく転落者を見つけることだ」

と言い残した弥七が艫矢倉へ戻って行ったが、最後の言葉が舳先矢倉にきた理由らしい。

三島丸は主船頭の利一郎の巧みな指揮でなんとか反転していた。

「水夫頭、よう波間を見んかい」

という主船頭自らの命が艫矢倉から舳先矢倉にさらに伝わってきた。

「おう、畏まって候」

と秀吉の野太い声が応じた。

舳先矢倉に茂も上がった。

「駿太郎さんよ、眼が水夫のようにいいな。矢倉に上がってわしらといっしょに探してくれんか」

との秀吉の頼みに駿太郎も舳先矢倉に上がった。

三島丸は最前塩飽諸島を抜けて燧灘を西南方向へと進んでいたが、転落騒ぎにたった今辿ってきたばかりの海面を戻っていこうとしていた。

舳先矢倉の三人は大きく荒れる波間に眼を凝らした。だが、広大な燧灘に落ちた人間を見つけるのは難しかった。それでも三島丸の主船頭以下、乗組んだ船乗り全員が、炊き方見習の菊次を含めて三島丸のあちらこちらから海面を睨んでいた。

駿太郎も跳ねるように進む三島丸の舳先から海面を見続けていた。時に船酔いを感じたが、

(人ひとりの命が掛かっておるのだ)

と己に言い聞かせて平静を保つことに努めた。

どれほどの刻が経過したか。

「おお、佐柳島が見えてきたぞ」

と秀吉が言った。

「水夫頭、もはや海中に引きずり込まれておらぬか」

と茂が疲れ切った声で訊いた。

「おお、引きずり込まれたかもしれん。じゃが主船頭は人の命を大切に思う御仁だ、光があるうちはぎりぎりまで探し続けるぞ」

内海とはいえ燧灘は広かった。

駿太郎は江戸の内海とは違う、大荒れの瀬戸内の海にひとりの転落者を見つけようとする利一郎以下、船乗りたちの熱意に感動した。

すとん、という感じで海面が暗くなった。

「もはや無理じゃ」

と秀吉が洩らした。

そのとき、艫矢倉から、

「佐柳島に入るぞ」

という命が聞こえてきた。

船上のあちらこちらからほっとした水夫たちの声が和し、最前は横目に見て通り過ぎた本浦湊への入津作業に移った。

「畏まって候」

「よう、頑張ったな、駿太郎さん。さすがに赤目小籐次様の倅だな。こりゃ、駿太郎さんの倍の歳の水夫も敵《かな》わんぞ」

「ただ海面を見続けていただけです、なんの役にも立っていません」

と駿太郎が応じると、

「いや、それが大変なことなのだ」

と水夫頭が言い、

「大時化の海での転落騒ぎは万にひとつも助けられん。三島丸でなければ、かように探しはしまいな」

秀吉は利一郎主船頭ならではの捜索活動であることを言い残して艫矢倉に向かおうとして、

「駿太郎さんも茂もずぶ濡れじゃろう。舳先矢倉下の収納庫には手拭いも着替えもあるぞ。好きに使え」

と言い添えた。

「ありがてえ、頭」

と茂が礼を述べた。

麻縄の先端に木片をつけた救助具を手にして海面を見続けていた茂が無言で舳先矢倉下に下りて収納庫にそれをしまった。舳先矢倉下は水夫頭の船室でもあったのだ。

秀吉の許しを得たふたりは、濡れた作業着を脱ぎ捨て、乾いた衣服に替えて安堵した。

「ダメでしたね」

と無益な言葉を駿太郎が吐いた。

「ああ、けどな、駿太郎さん、わしら三島丸の船乗りはどんな曰くであれ、船から落ちた人間を容易く見捨てはせぬ。他の船ならば、時化た海を引き返して探すことなどしめえ」

と言い切った。

「利一郎主船頭が皆さんから信頼されていることがよう分かりました」

「淀川三十石船で赤目小籐次様と駿太郎さんが行ったと同じことよ。万にひとつ、救いがないかと赤目様と駿太郎さんも来島水軍流の剣術を演じたのであろうが。おれたちも万にひとつを信じるから船を戻したのよ」

と茂が言い切ったとき、炊き方見習の菊次が雨や波に濡れぬように丼を抱えて姿を見せた。

「握りめしだぞ」

と茂と駿太郎にふたつずつ渡してくれた。

「有り難う」

と少しだけ温もりの残る握りめしを手にした駿太郎が礼を述べた。茂はすでに一つめの握りめしを口にしていた。

「腹が減ったか」

と菊次が駿太郎に訊いた。

「空いています」

「水夫以外でよ、握りめしを食う気力のある者は駿太郎さんくらいだな」

と菊次が笑った。

「おお、駿太郎さんはわしらと同じ三島丸の船乗りよ、菊次」

「ああ、間違いねえ」

「船室に入らんかえ。水夫頭が部屋を使うことを許してくれたぞ」

と茂が菊次を舳先矢倉下の三畳ほどの広さの船室兼収納庫に誘った。

菊次も慣れたもので濡れた笠と蓑を脱ぎ捨てると狭いながら居心地がいい船室に入り込んできた。

「少しばかり休んでいくか。舳先矢倉下は、わしらのたまり場だからな」

「おお、おりゃ、ここが大好きじゃ」

一つめの握りめしを腹に入れた茂が菊次と言葉を交わした。その問答を聞きながら駿太郎は握りめしを口にしようとした。そのとき、

「おれは見たぞ」

と突然菊次が言った。

「なにを見たか、菊次」

茂の問いに菊次は直ぐに応えなかった。

「荒れた海には娘っ子はおらんぞ、菊次」

「おれが右舷側の洗い場にしゃがんでよ、汚れものを雨水で洗っているとき、左舷側の海面に向かって投げ落とされた骸《むくろ》が佐々木弁松というのをしっかりと見たぞ」

「なんだと」

と二つめの握りめしを食おうとした茂が手を止め、菊次に険しい口調で質した。

「佐々木弁松というのは確かか、菊次」

「確かじゃ、茂さんよ」

「骸とどうして分かったのですか、菊次さん」

「駿太郎さんよ、眠っている人間と死んだ人間の違いはなんとなく区別がつかないか。ありゃ、間違いない、もう死んでいたな。それも斬り殺されたと思しき骸の始末をおれは見たんだよ」

「なんてこった。おれたちは骸を半日以上も探していたというのか」

と茂が呻くように言った。

「ああ」

「菊次、この話、主船頭に伝えたな」

「ああ、最前話したぞ。おれの話を聞いて主船頭が本浦の湊に入ることを決心したんだ」

と菊次が言った。

「菊次さん、投げ落とされたと言いましたね。佐々木弁松さんを投げ落としたのはだれか、見られましたか」

ああ、と応じた菊次はしばらく沈黙していたが、

「船奉行三崎義左衛門だ」

と言い切った。

「佐々木弁松は船奉行の配下だぞ」

「茂さんよ、そんなことは百も承知だよ。弁松は、ここんとこ国家老一派のなかで浮いていたんだよ」

「どういうことだ」

茂が菊次を問い質した。

「おりゃ、炊き方見習だからよ、どこの船室にも食い物を届けるな。殿様から茂さん、おめえにまでな。おれが握りめしを配って回ってもだれも言葉をかける者はいないや。なにしろ船酔いで殿様を始め、寝ているからな。寝床のなかで握りめしを食う元気のあるのはひとりとしていねえや。ともかく炊き方見習なんてのは人間のうちに勘定されねえ。国家老一派の船室でもだれも気にかけねえ」

「なにが言いたい、菊次よ」

「佐々木弁松がここんとこよ、心がわりしたんじゃねえかと思うのよ。赤目小籐次様と駿太郎さんを国許に招いた殿様こそ、『おれのほんとの主様だ』と当たり前のことに気付いたんだな」

「なんだ、妙な話だな。弁松は上には弱く、下には強い、告げ口の弁松じゃぞ」

「駿太郎さんにあっさりとやられたな。砂袋を創玄様に投げたのも弁松に間違いねえ。ここのところ失敗ばかりでよ、国家老一派の船室でよ、あいつの値打ちはがた落ちよ。なにが伊予水軍流の遣い手だなんて、面と向かって言う者もいたぞ。そんなこともあって、あいつ、藩邸派に鞍替えしようと考えたんじゃないか」

「そんなことありか」

と茂が駿太郎を見た。

「それがしはなんとも」

と食いかけの握りめしを持った駿太郎は途中で言葉を止めた。

「船奉行の三崎様によ、怒鳴りまくられている弁松を見たな。そのときよ、船奉行はこいつ、わしを裏切るかという顔をしていたもんな」

「菊次、おまえ、その場にいたのか」

「おお、船室の入口に座っていたがだれもおれのことなんか気に止めねえもんな」

と菊次が言い切った。

駿太郎はひとつめの握りめしを食べ終わると、

「菊次さん、念押しします。三崎様が佐々木弁松さんの骸を海に投げ落としたのは確かなのですね」

「確かも確かよ。左舷側から骸を投げ落としたあと、佐々木弁松の大小を海に放り込んだのよ、死んだ人間に刀など要らんのにな」

駿太郎は菊次の話を思案した。そして、話は真のことだと思った。

「菊次さん、船室に佐々木弁松さんの大小だけが残っていたら厄介ですよね。佐々木さんは常に大小を腰に手挟んでおられましたね」

「おお、告げ口弁松は常に腰に大小があったよな」

と菊次が得心したように頷いた。

「だが、三崎義左衛門様が佐々木弁松さんの骸を海に投げ込み、さらに大小を燧灘に投げ込んだのを菊次さんが見ていた」

「ああ、おれは確かに見たぞ」

舳先矢倉下の三人は長いこと無言だった。

茂も駿太郎も思案していた。

「駿太郎さんよ、この話、どうなると思うな」

茂が駿太郎に質した。

「うむ、主船頭の考えひとつですね。荒れた海の上でこれ以上の騒ぎは起こってほしくはないでしょう。とはいえ、主船頭の利一郎さんが報告すべき殿様は船酔いで倒れておられる。嵐が通り過ぎるまで主船頭は、むろん国家老一派の御用人頭の水元忠義様にも知らせませんよね」

「知らせるも知らせないも、佐々木弁松が殺されたことを最初から知っているのは国家老一派だぞ」

「それもそうですが、佐々木弁松さんが三崎様に始末されたことを殿様が知っているとなると国家老一派には大変な差し障りでしょう」

「ああ、そうなるか」

と茂が言った。

「この話、われらは頭成に着くまで知らないことにしていたほうがいい」

「駿太郎さん、親父様には知らせたほうがよくないか。とすると倅の駿太郎さんが話すのがいい」

と茂がいい、駿太郎が頷いた。

二

塩飽諸島の佐柳島の本浦に三島丸は、帆を三分揚げにして入湊した。

航海の間、国家老一派が佐々木弁松がいなくなったことについて触れることはなかった。また藩主の久留島通嘉は、佐柳島に立ち寄ったことすら承知していない風だった。

駿太郎は水夫部屋の控えの間に小籐次を呼んだ。菊次が使いに立ってくれた。

「どうしたな、駿太郎」

「騒ぎに気付かれましたか」

「なに、騒ぎじゃと。殿様と池端どのの世話にいささか疲れてな、眠っておったわ。騒ぎがあったというが、殿様にはなんの話もないぞ」

「把握しておられるのは主船頭の利一郎さんと腹心の助船頭、水夫頭くらいでしょうか。ああ、炊き方見習の菊次さんも茂さんも承知です」

「そなたも関わっておるのか」

「それがしは関わっておりませんが騒ぎの経緯は承知です。菊次さんから聞かされたのです」

と前置きした駿太郎が菊次から聞き、そのあと、茂と話し合ったことを告げた。

小籐次は話を聞き終えたあと、しばらく顎に手を当てて沈思していたが、

「さあて、三島丸に乗船しておる二十人余りの国家老一派に内紛が起こっておると考えてよいのかのう」

と洩らした。

「えっ、三島丸にはそれほどの人数が乗っておりますか」

「森藩は小名とは申せ、参勤下番の船行に二十数人は乗っていよう。御座所の真下は国家老一派の支配する地でな、主船頭の利一郎も口出しできぬ場所じゃと聞

いておる」

「そうか、三島丸には主船頭すら口出しできぬ場所がありますか」

二十人もの家臣がいることに駿太郎は驚いた。摂津大坂から頭成まで十数日間、主甲板にも出てくる様子もなく二十数人の国家老一派が狭い船室で耐えられるものか。

「殿様の船酔いはひどいのですか」

駿太郎は話柄を変えた。

「おお、国家老一派を騙す程度にはのう」

と小籐次が妙なことを言った。

「騙すとはどういうことですか」

「駿太郎、いまの言葉は聞き流してくれ」

「父上と殿様はなんぞ企てておいでですか」

「船上でなんぞ企てるなど、だれもそのような余裕はあるまい」

「父上、殿様は、村上水軍の末裔ですよね。そのお方が嵐の前触れ程度の風雨に船酔いですか」

と念押しして聞いた。

「殿の先祖が村上水軍とは申せ、何代も前に瀬戸内の海から玖珠なる内陸へと追いやられたのじゃぞ。かような御座船に乗るのも一年一度、参勤交代の折だけであろう。船酔いに見舞われても不思議はあるまい」

小籐次が言った。

「ならば、池端恭之助さんはどうですか」

「こちらのほうの船酔いはほんものよ、酷いな。一刻も早く頭成に三島丸が到着することをひたすら願っておるわ」

父の返事を聞いた駿太郎はまた話柄を変え、

「佐々木弁松さんが見舞われた騒ぎをうんぬんするのは、頭成に着いてからですか」

「であろうな」

と小籐次が曖昧に返事をした。

「嵐が来るのはいつでしょうか」

駿太郎はさらに話題を変えた。

「それだ。こちらに来る前に舵場に上がって主船頭どのに尋ねた。今晩から未明にかけて襲来しようと推量しておったわ」

「今晩か、淀川のときよりひどいですかね」

「川と海では違うかのう」

　と小籐次は頸を捻り、

「おお、わしは初めて舵場に上がったが、なかなかの設えじゃのう。かような船を森藩が所有していること自体驚きじゃぞ」

「三島丸に乗船した折、主船頭どのに船内を案内してもらいました。迷路のような通路をあちらこちらと回りましたが、それがしが見せられたのはごく一部だったのでしょうね」

「船内のすべてを承知しているのは主船頭ら数人の船乗りと聞いたが、御座船では、主船頭すら立ち入りできぬ場所があるのだ、訝しい話よ」

「さような船室と船倉で国家老一派の家臣方は過ごしておられるのですか。それがし、水夫方の手伝いをしても主甲板にいるほうがいいな」

　と正直な気持を洩らした駿太郎が、

「それにしても主船頭の利一郎さんの海と船についての知識は大したものですね」

「長崎にて異人の船乗りにあれこれと教えてもらったようだな」

はい、と答えた駿太郎が、

「やはり妙ですね」

「なにが妙じゃ」

「森藩は貧乏なのでしょうか。それとも三島丸のような和洋折衷の船を持つほど金持ちなんでしょうか」

幾たびか口にした疑問を洩らした。

「駿太郎、われらは西国の大名方の暮らしを知らぬわ。長崎には異国の品があれこれと入り込んでおる。西国の大名はどちらも長崎口の交易品の他に大なり小なり抜け荷に手を染めておられよう」

小籐次は森藩が抜け荷に手を出していると仄めかした。

「驚きました」

「江戸では西国大名の事情は知られておらぬということよ。森藩の長崎での交易は長年国家老一派が握っておるそうだ」

父の話は、通嘉との問答で知ったことだと思われた。

「三島丸も国家老一派が得た抜け荷の利で造船されたのですか」

「三島丸造船は殿の承諾がなければなるまいな。国家老一派、江戸藩邸派と藩内が二分しているとはいえ、藩主は久留島通嘉様お一人じゃ。国家老一派にとっても藩主の意向はないがしろにできまい」

「長崎での交易も殿様はご存じなのですね」

「承知であろう。長崎での交易に抜け荷が加わって森藩にそれなりの利をもたらしておるのだ」

驚いたと駿太郎は思った。

「ただし長崎口の公の商いの他に抜け荷をなしても森藩に多大な利益をもたらしておるとも思えぬ。三島丸を造船する程度の金子はなんとかなるかもしれんが、殿の宿願を果たすには、その程度のものでは済むまい。殿も口にされぬが、明礬、抜け荷以外になんぞ森藩の収入がなければならん」

と小籐次が首を捻った。

「『御鑓拝借』騒ぎの折は、城なし大名と詰めの間の同輩大名衆に蔑まれたのがきっかけで、父上が四家の大名家の御鑓先を切り落とされました。その折は貧しかったのですよね」

「大昔の話よのう。あの当時、下屋敷の家臣らが給金をまともに頂戴したことはなかったな。わしの給金の三両何分が何年も払ってもらえないほど貧乏であったわ。いまも森藩は変わりあるまいとわしは思うておったが、わしの考え違いであったか」

「年貢や明礬や抜け荷商いの他になにがあるのです、森藩に」

「さあて、分からぬのはその辺りよ。薩摩や福岡藩のような大藩に比べれば、金持ちというても大したことはあるまい。ともかく森陣屋を見てみぬことにはその辺の事情はのう」

判らぬという風に小籐次は首を傾げて沈思していたが、

「駿太郎にひとつだけいうておこう。森藩が国家老一派、江戸藩邸派と藩を二分するきっかけになったのは、どうやら殿の強い願い、宿願があってのことだ」

「殿様の強い願い、宿願とはなんですか」

「城持ち大名になることよ」

「えっ、そんな」

「わしが関わった『御鑓拝借』騒ぎで事は終ったと思うていたが、殿のお気持ちはお変わりなかったのだ。そのことだけ、駿太郎、覚えておけ。それ以上のことは森藩をわれらが知ったうえでなければ、なんとも答えられぬ」

とこの話題に蓋をするように父が言い切った。

駿太郎は、主船頭以下船乗り一同といっしょに嵐の襲来の仕度をなした。

その日は珍しく、御用人頭の水元忠義と船奉行の三崎義左衛門の森藩重臣が舵場に姿を見せて、

「利一郎、よいか。主甲板の積み荷はどのようなことがあっても刎荷《はねに》はしてはならぬ」

と水元が船乗りたちの前で主船頭に厳命した。

刎荷とは、荒天時に船が沈没しそうな危険に陥ったとき、積み荷の一部を海中に捨てることをいう。刎荷によって、風当たりが減じ、重心が下がり船の傾きの復元力が増すことなどから最後に船長の権限として捨荷をすることは許されていた。

「御用人頭様、ご覧のようにわしらは、燧灘から佐柳島へ戻って本浦の湊に入っておりますでな、まずは捨荷をするような大事に至ることはございませんや。これもどなた様かのお陰というべきか」

と主船頭が船奉行の三崎義左衛門を見た。

「どういうことか、利一郎」

「格別に意はございません。それとも船奉行様は、燧灘から佐柳島に戻ったことがご不満ですかえ」

「船を戻したのはそのほうの一存であろうが。方向を転じるならば転じるで船奉行のそれがしの許しを得るべきであったわ」

「人ひとりの命がかかっておりましたでな。さような場合は主船頭のわしの一存で決めます。また転落したのはそなた様の配下、佐々木弁松様でございましょうが」

　主船頭の利一郎が三崎船奉行を正視しながら言い切った。

「利一郎、船を反転させて佐々木弁松を救うことが出来たか。骸の姿さえ見ることもできなかったではないか」

「ほう、船奉行様、佐々木様は海に転落した折、すでに骸でございましたかな」

　利一郎が反問した。

「どういう意か。そのほう、船奉行のそれがしになんぞ言いがかりでもつける心算か」

「船奉行、船の上での出来事はわっしの判断と、三島丸の主船頭に就いた折から殿様の許しを得てございますよ。これ以上、左舷側を穢《けが》すような妙な真似はなさらぬことだ、それがしにあれこれと文句をつけおるか」

「おのれ、三崎様」

「そいつはそなた様の胸に手を置いてお問いになることだ」

三崎が刀の柄《つか》に手をかけた。

「主船頭のわっしを斬ってどうする気ですかえ」

「船奉行のそれがしが助船頭に操舵を命ずれば事が済むわ」

「ほう、おもしろいね。やってご覧なされ」

と利一郎が言い切ると、助船頭の弥七以下水夫一同が利一郎の背後に身構えて従った。そのなかに赤目駿太郎の姿も加わっていた。

「三崎、さような問答を続けておる場合か。積み荷をなんとしても守ることがこの際、大事なことぞ」

水元忠義が利あらずと見たか、口を挟み、

「御用人頭、主船頭として最後の判断はわっしに委ねられておると思いますがな。違いましたかえ」

と利一郎が念押しした。

「そのほうが大口を叩けるのもこの三島丸の働きがあってのことよ。そのことを忘れるではない」

「御用人頭、どういう意でございますな。わっしを辞めさせるということですかえ」

「おお、森藩の交易は国家老の嶋内主石様の権限のもと、長年為してきたのは承知であろうが。そのほうを馘首《かくしゅ》するのは、殿のご判断を仰がなくとも済むということよ」

「それは初めて知りました」

「相分かったならば本日の問答は忘れて遣わす」

「おっと待った。わっしは分かりましたと答えたわけではありませんや。初めて知ったと申し上げたのですぜ」

「同じ意であろう」

と繰り返す水元御用人頭を利一郎が睨んだ。

「御用人頭様、わっしら船乗りは森藩の政《まつりごと》をできるかぎり見て見ぬふりをしてきやした。ですがね、三島丸の船中で人ひとりの生死に関わる騒ぎは見過ごすことはできませんのさ。お分かりですかえ」

「どういうことか。最前、そのほうと船奉行との口争いの一件か」

「御用人頭様はご存じではございませんかえ」

「知らぬな」

「この一件、頭成に着いた折に殿様に申し上げてご判断を仰ぐ所存でございますよ。宜しゅうございますな」

と利一郎主船頭が言い放った。

「そのほう、なんぞ承知とでもいうか」

「へえ、わっしの配下の者の眼が三島丸じゅう、光ってございますでな。どなた様か申し上げませんが、大小を左舷側から海中に捨てられた様子をわっしの水夫のひとりが見ておりましたのさ」

「だれじゃ、さような話があるわけもなかろう」

しばらく黙っていた三崎船奉行が慌てて口を挟んだ。

「そなた様と押し問答をする気はございません。この一件、どのようなお方であれ、家臣ひとりが海に転落したか、投げ落とされたか、ともかく身罷った騒ぎだ。殿様のご判断を仰ぐ所存に変わりございませんでな」

と利一郎が言い切った。

水元と三崎がちらりと視線を交わした。

「主船頭、相分かった。そのほうの勘違いかも知れぬぞ、頭成にて話を聞こうか」

水元御用人頭が艫矢倉下の船室に戻っていこうとして、作業着姿の駿太郎を見た。

「そなた、赤目小籐次の倅であったな」

「はい」

「侍の子なれば、付き合う相手を間違えぬことだ。武家は武家同士、もっともそのほうの父親は下屋敷の」

と言いかけた水元に、

「申されなくとも、その先は倅のそれがしがとくと承知です。船の上で手伝いを為すのは、剣術修行に役立つと思うて、こちらから主船頭にお願いしたのです。ご迷惑でなければお見逃しのほど、お願い申し上げます」

と駿太郎が応じると、

「父も父ならば倅も倅か」

と言い放った水元と三崎の両人が主甲板から姿を消した。

問答の間にも風は激しくなっていた。が、雨は止んでいた。

「よし、助船頭、碇は海底に届いておるな」

「へえ、碇の効きはしっかりとしていまさあ。強風が襲いきても高登山《たかとやま》に遮られましょう。まず、御用人頭が案ずる匆荷の心配はありませんよ」

弥七が主船頭に淡々と応じたものだ。

駿太郎は、最前からの問答に森藩の武家方より三島丸の船乗り連のほうが信頼に足るな、と改めて感じた。そのことを殿様の久留島通嘉様が承知かどうかを駿太郎は気にした。

この夜、嵐が本浦に停泊する三島丸を襲った。

五つ半（午後九時）時分から風を伴い、雨が猛然と降り出した。

だが、三島丸は主船頭利一郎の慎重な仕度を終えて、主甲板の荷もびくともしなかった。

備前古一文字則宗を携えた駿太郎は、艫先矢倉下の小部屋と収納庫を兼ねた空間に茂とふたりで待避し、少し開いた扉の間から風雨が三島丸に叩きつける光景を眺めていた。ふたりの間には三島丸の水夫と炊き方を兼ねた源三と見習の菊次が拵えた握りめしがあった。

ふたりは風雨が激しくなるのを見ながらも気持ちの余裕があった。それは主船頭利一郎と和洋折衷の船三島丸への確固とした信頼があったからだ。

舳先矢倉下の小部屋の一角に船霊《ふなだま》の御幣《ごへい》が飾られているのが小さな行灯の灯りに見えた。駿太郎の視線に気付いた茂が、

「駿太郎さん、三島丸の右舷側と左舷側の違いが判るか」

「えっ、違いがありますか」

「三島丸の左舷側は、どんな折でもきれいにしておくのよ、洗濯やごみ出しは右舷側で行う。菊次が毎朝、左舷側から船霊に飯と菜をお供えしているのじゃ」

「知らなかったな」

「船には船霊が宿っているのよ。三島丸も真ん中の梁の左舷側に銭十二文、男女の人形、一天地六のサイコロふたつ、五穀を埋め込み、神様を祀ってあるんだ。だから、船乗りは決して左舷側を汚すことはないので」

と茂が説明した。駿太郎は、

「もし、嵐が三島丸を襲いくるとしたらそれがし、左舷側に立ち、この備前古一文字則宗で風雨に抗い、船霊様に、われらをお助け下さいとお願い申します」

「おお、淀川三十石船で赤目小籐次様と駿太郎さんが捧げた来島水軍流の奥義を披露するか」

「さようなことはせぬほうが宜しいですか、船霊様はお許しになりませんか」

「いや、主船頭や助船頭を見ていると、三島丸を襲っている風雨はそれほど強くないと思うな。それと」

と茂が言葉を切り、しばらく間をおいて、

「船奉行め、左舷側から告げ口弁松の骸を海に投げ落としているよね。左舷側から骸を海に投げ落とすなんて船乗りは決してしねえ。まあ、それで嵐が三島丸に悪さもせずに無事に通り過ぎていくと主船頭たちは知っているのよ」

と茂が言い切った。

「父上やそれがしの出番はございませんか」

「ないと思うな」

ふたりは握りめしに手を伸ばしながら、さらに激しくなった嵐を風雨に打たれることなく見ていた。

「駿太郎さん、眠いようなればいつ寝てもかまいませんぜ。明日の朝になれば嵐は通り過ぎているからな」

「茂さん、生涯いくたびもかような経験をすることはありますまい。三島丸の船霊様のお力をひと晩じゅう見てすごします」

と駿太郎が応じた。

その瞬間、主船頭の、左舷側を穢すなという声が甦った。利一郎が御用人頭と船奉行に強い口調で抗ったのは、佐々木弁松を殺し、その骸を左舷側から海に投げ落としたのを確信して怒りを生じさせていた故ではないかと駿太郎は気付いた。船乗りにとって左舷側は清浄の場なのだ。

三

翌朝の海は、未だ大きくうねっていたが、主船頭の利一郎は六つ（午前六時）前に三島丸の碇を上げさせ、拡帆作業を命じた。が、その半刻前に左舷側にいつも捧げる朝餉だけではなく、神酒と塩を捧げて、改めて船霊に無事の航海を祈願した。

その場に駿太郎もいた。

するとそれを船霊様に捧げた辺りから、秋の虫の鳴き声にも似た音がした。

「なんの音ですか」

と隣に立って頭を下げていた茂に小声で問うた。

「フナダマサンが鳴いておられるのだ、イサムといってな、船霊の鳴く音だ。主船頭の願いを聞いて大きな声で鳴いてるのさ。大きな鳴き声はいいことがある証しじゃ、弱々しい時は悪いことが待ち受けておるのだ」

「これで左舷側は浄められたのですね」

「おお、佐々木弁松の骸を落とした穢れは消えたぞ、駿太郎さん」

と茂が言った。

瀬戸内のなかでも水深の浅い燧灘は嵐の余波で荒れていた。だが、三島丸は最大の船足で西南方向へとばく進していた。

主帆柱の根元に待機した茂と駿太郎は、ばたばた、と風に鳴る主帆の音を聞いていた。

昨日、燧灘を中ほどまで帆走していた。だが、佐々木弁松の転落騒ぎに佐柳島近くまで引き返して捜索した。同じ海路を一気に三島丸は突っ走っていた。

「凄い船足ですね」

「おお、長崎造りの異人船はよう走るじゃろ。だけどな、まだまだじゃ。伊予灘に入ってみい。三島丸が本気を出すぞ。少々の遅れなどあっさりと取り戻すぞ。楽しみにしておれ、駿太郎さん」

と言った茂が手を額に翳していたが、

「ありゃ、魚島だな。そろそろ昨日引き返したあたりだぞ」

と言うと駿太郎を従え、艫矢倉の舵場に向かった。すると神酒と塩が新たに用意されていた。

「主船頭、魚島が見えたぞ」

と茂が声をかけると利一郎ひとりが降りてきた。

「どうです、三島丸の乗り心地は」

「段々と馴染んできてわが家にいるようです」

ふっふっふ
と笑った利一郎が、

「剣術家には勿体ない。水夫になりませんか」

と冗談を飛ばした。

舵場の指揮は助船頭に任され、舵方が舵輪《だりん》にしがみつき、船の行く手を注視していた。だが、三島丸の他には荷船も漁《いさ》り舟の姿もなかった。嵐の余波を考えて、燧灘に帆を張っているのは三島丸くらいだ。

茂が戻ってきた。

三人は佐々木弁松が燧灘に投げ込まれた左舷側に立ち、佐々木弁松の来世の安寧と三島丸の無事の航海を祈願した。

「駿太郎さん、森藩の下屋敷には大山祇神社のご祭神を勧請した社があるそうですね」

「主船頭はよくご存じですね」

「酔いどれ様からお聞きしました。『御鑓拝借』の功しの前、赤目様は下屋敷の大山祇神社に来島水軍流の奥義を捧げて脱藩され、天下を騒がす孤軍奮闘をなし、四家の大名を懲らしめたそうな」

「主船頭、それがし、森藩の下屋敷も大山祇神社も存じませぬ。父はさような覚悟で下屋敷の大山祇神社にお参りしたのですか。さような話、初めて聞きました」

「それでね、赤目様父子は、なにより三嶋（大三島）の大山祇神社、本家本元に祈願なさることが必要と考えました。この三嶋、わっしらの三島丸の由来でもありますよ。駿太郎さん、今夕、どのように遅くなろうとも三嶋に船をつけますでな。赤目様と駿太郎さんおふたりで大山祇神社に詣でなされ」

と利一郎が言った。

「われら親子の都合で船を動かすと船奉行様方から文句が出るのではありませんか」

「森藩の内紛など放っておきなされ。天下の酔いどれ小籐次様の倅が気にかけることではありません」

と利一郎が言い放った。

「ならば明日にも三嶋の大山祇神社にお参りさせてもらいます」

駿太郎は主船頭に答えた。

「ああ、それがよい。そのあとに赤目小籐次様の来島水軍流の源になった来島に詣でますな。まず赤目様父子の関わりの土地を訪ねることが三島丸の大事ですぞ」

主船頭がそう言い残して舵場に戻っていった。

「大坂を出る折、もう二隻、随行の荷船がおりましたね。あの船はどうなりました」

と茂に尋ねると、

「御座船の三島丸と荷船とか水船では船足が違うでな、三島丸とは安芸の広島で落ち合うことになるな」

「荷船の水夫方も利一郎さんの配下ですか」

「あちらは頭成の船問屋の船頭と水夫衆だな。それに御用人頭と船奉行の差配で江戸藩邸派の家来の多くはあちらに乗せられているぞ」

「ああ、それで三島丸には池端恭之助さんくらいしか江戸藩邸派の家臣は乗船していないのですか」

「うちの主船頭は、随伴の荷船にも気を使うべきだったと悔やんでおられる。もっともうちには強い赤目父子が乗っておるがな」

(そうかそのような経緯か)

駿太郎は、偏った人選を思った。

「それにしても三島丸の主船頭は、殿様の信頼が厚いですね。黙って御座船を任せておられます。もっとも船酔いで口出しのしようもないか」

なにか言いかけた茂が間をおいて、

「ああ、この数年、御座船を動かしてきたからな、主船頭の技量はとくと承知なさっておろう」

と言った。

燧灘を猛然と帆走した三島丸は、伯方島と岩城《いわぎ》島の間の狭くうねる瀬戸を、主帆を五分下げにして巧妙に方向を転じつつ、伯方島のトウビョウ鼻を左に見て三嶋の北から、三嶋の西岸へと回り込もうとした。

そのとき、茂が、

「駿太郎さんよ、今は潮が引いてるから、この海岸辺りによ、甘崎古城《あまざきこじょう》が姿を見せるぞ。来島村上一族の城というぞ」

と教えてくれた。

駿太郎は父の先祖と関わりあるのかどうかも分からず、波に洗われる石垣に囲まれた小さな島をただ眺めていた。

三嶋は複雑な地形で島の多い伊予国のなかでも面積が広く、島の外周は二十二里余（およそ八十八・八キロ）もあった。そんな三嶋の西岸の宮浦湊に三島丸は入津しようとしていた。

燧灘を一気に走り切り、芸予諸島に入っていた。

駿太郎は改めて主船頭以下三島丸の船乗りたちの操船技術に感動した。

宮浦湊の沖合に停泊したとき、なんと八つ（午後二時）の刻限だった。

縮帆作業を終えた茂が艫矢倉に呼ばれたが、直ぐに駿太郎のもとへと戻ってきた。

「主船頭が日暮れまでには刻限がある、大山祇神社に詣でぬかと言われてな、赤目小籐次様も仕度をされておるぞ。おれが短艇で送っていくことになった」

と言った。

「大山祇神社は湊のそばですか」

「さほど遠くはあるまい」

と茂が答えるところに小籐次と池端恭之助と中間の与野吉が姿を見せた。

「池端さん、どうですか、船酔いは」

「殿様が大山祇神社に詣でれば治ると申されるゆえ、しばらくぶりに潮風にあたりに参りました」

と苦笑いした。

駿太郎は父の小籐次が次直を腰に差しているのを見て、

「父上、しばらくお待ちください」

と作業着から舳先矢倉下に置いていた道中着に着替え、備前古一文字則宗を手にして戻ると、水夫たちが短艇を横付けして一行が乗り込んでいた。最後に駿太郎が乗り込んで湊へと上陸した。

大山祇神社は、伊予の豪族越智玉澄が創建したと伝えられる伊予の一ノ宮だ。

なんと千年も前の養老三年（七一九）のことだという。武人や海にかかわる神として崇拝されてきた。

赤目小籐次一行は、大山祇神社拝殿に詣でると、神官にこの場で剣技を奉献してよいかと許しを乞うた。

「そなたら、どちらの家臣か」

と若い神官が訊いた。

「いや、いささか来島と関わりを感じておるただの研ぎ屋爺でござってな」

「それはいささか」

「無理か。ならば御神木のクスノキの大樹に捧げるのはどうかな」

「御神木なればよかろう」

との言葉に小籐次と駿太郎は、クスノキの老樹の前に移り、父子して深々と拝礼した。

「あの爺様と若者は何者かのう」

訝しく思ったか、神官が武家姿の池端恭之助に質した。

「神官どの、天下の武人赤目小籐次の名を聞いたことがおありか」

「むろん、数多の武勲を承知ですぞ。そのお方となんぞ縁がおありか、あの爺様と若武者」

「赤目小籐次様ご当人と嫡男駿太郎さんです。駿太郎さんの腰の一剣は徳川家斉様、上様から拝領の一文字則宗にござる」

「な、なんと」

と驚きの声を神官が洩らしたとき、境内に朗々とした小籐次の声音が響きわたった。

「小千命《おちのみこと》御手植のクスノキ様ならびに伊予の武人越智玉澄様に来島水軍流の正剣十手および脇剣七手を奉献申す」

の声に駿太郎の、

「序の舞披露」

の声が続いて、父子が次直と一文字則宗の鞘を払って伊予水軍に所縁を持つ剣術の奉献を始めた。

大山祇神社境内にいた数少ない参拝の人々や白い装束の祝《ほうり》（神社に仕える神官や奉公人）が父子の奥義披露を食い入るように凝視していた。

きらりきらり、とふたつの剣が、伊予の空に煌めき、その場にある人を魅惑した。

気配を察した大山祇神社の大祝《おおほうり》が拝殿や社務所から姿を見せて見物に加わった。

それを察した小籐次がクスノキの大樹へと、

「流れ胴斬り」

と剣技を告げつつ移動すると、駿太郎が、

「続いて正剣十手のうち漣」

と唱えて、大山祇神社の神紋、隅切折敷縮三文字《すみきりおしきちぢみさんもじ》の掲げられた拝殿へと父子は向きを変えた。

「改めて大山祇神社の祭神に奉献致し候
わが名は赤目小籐次」

「その子駿太郎」

と父子がそれぞれ名乗り、

「波頭」

と駿太郎が呼び上げつつ、檜皮葺きの拝殿の堂々たる構えに向って次直と則宗が揮われ、来島水軍流の奥義が奉献されていく。

脇剣七手に移り、駿太郎一人が七手を見事に披露した。

もはや見物のだれもがこの年老いた武芸者が赤目小籐次と知っていた。

最後に小籐次が、

「それがしの先祖、伊予の村上水軍に縁ありと聞き及びしもその真実を知らず。ただ今、わが剣技来島水軍流正剣十手、脇剣七手を奉献致し候。赤目小籐次の五体に流れる血、伊予の村上水軍に関わり有りやなしや、お尋ね申す」

と拝殿に向かって質すと、なんと拝殿の大鈴が、からからからと神々しい音色で答えていた。

境内の一同から驚きの声が漏れた。

「赤目小籐次様、われ、大山祇命《おおやまづみのみこと》に代わりて申し上ぐる。ただ今の赤目様が問われしこと、神紋の掲げられた御鈴様の音がお答えなり。来島水軍流、確かに伊予水軍と関わりあり。また赤目小籐次様の先祖、この伊予の水軍一族に縁あり。赤目小籐次どの、駿太郎どの、よう伊予大山祇大社に参られた」

と小籐次の問いに大祝職《おおほふりしき》が答えて拝殿前へと父子を招き寄せた。

「大祝どの、あり難き幸せかな」

と小籐次が答えると、祝たちが四斗樽を棒に提げて担いできて拝殿に置いた。

すると拝殿前にいた漁師や武家など参拝者が、

「おお、酔いどれ小籐次様には酒がつきものだな」

「われら、なんと運がよきことか、天下の武人の奥義を拝見し、今また神酒を飲まれる場に立ち会うとは」

と言い合った。

「おい、赤目様は船旅の最中だぞ、四斗樽で酒など飲んで大丈夫か」

と茂が案じた。

「茂さん、わたくし、淀川三十石船を嵐が襲った折、酔いどれ様が大杯で飲まれるのを見ましたよ。酒は赤目小籐次様にとって、力の源です」

と与野吉が言い切った。

「大祝どの、わしに酒を馳走するてか」

「赤目様、ただの酒ではございません。神酒にございます」

「おお、大山祇命様に捧げられた神酒でござるか。一杯だけ頂戴しようか」

との言葉に祝たちふたりがたっぷり五升は入りそうな朱色の大杯に八分ほど注いで、小籐次に差し出した。

「馳走になり申す」

小籐次が拝殿に向かって大杯の左右に軽く手を添え、

「まずは大山祇命様、わが瀬戸内の灘の水行、無事豊後国頭成に安着せんことを」

と祈願し、ゆっくりと大杯に口をつけようとした。すると祝ふたりが大杯に手を添えて、酒がゆっくりと小籐次の喉へ、胃の腑へと落ちていった。

「おお、飲みおるわ飲みおるわ。さすがに酔いどれ小籐次と異名をとるほどの御仁かな」

と見物の武士が感嘆した。

そのとき、小籐次が口を大杯から離した。

「おお、半分ほどで止めたか」

と漁師と思える男が洩らした。

小籐次が拝殿から小千命のクスノキへと飲みかけの大杯を向けると、

「クスノキ様、そなた様に神酒献上申す」

と言っていったん離した口を朱色の杯に戻した。

ふたたび大杯が傾けられてごくりごくりと喉が鳴り、四升は注がれていた神酒が小籐次の喉へと落ちていき、最後は小籐次の大顔を隠すほどに立てられた。

「飲んだよ、飲み干されたよ」

「いくら酔いどれ小籐次とはいえ年寄だぞ、大丈夫か」

と漁師たちが言い合うなか、朱塗りの大杯が、
そより
と下げられた。すると大杯に代わって、もくず蟹を踏みつぶした顔と評されてきた小籐次の大顔に笑みが浮かび、その表情はなんとも言われぬ慈顔に変じていた。

大山祇神社の境内にいた人々から、

「おおっ」

とどよめきが起こり、

「酔いどれ様は剣術の神様だけではないぞ、酒の神様でもあるんじゃないか」

「神酒を酒の神様が飲み干されたか」

「おお、そういうことよ」

と快哉の声が広がった。

「さすがは赤目様、わたしども大祝職、祝一同、感服致しました。もう一杯、いかがにございますか」

と大祝が勧めた。

「大祝どの、われら、偶さか大山祇様の境内にて会いましたな。できることならば、ご一統様、いっしょに神酒を飲みませぬか」

との言葉にさらに境内が沸いた。

「おお、それは宜しゅうござるな。われらも赤目小籐次様のお飲みになった酒《ささ》を頂戴しましょうかな」

との大祝の言葉に四斗樽の前に列ができ、枡がそれぞれに配られた。

「駿太郎さんは大山祇命様の神酒でも口にせぬか」

と茂が煽るように言った。

「茂さんがそれがしの分を飲んでくだされ」

「おお、わしも枡を貰ってこよう」

と列に並ぶと与野吉も従った。そこへ枡酒を手にした武家が近寄り、

「われら、安芸の広島藩浅野家の家臣じゃが、なんとも幸運なことに本日天下の赤目どのとお会いすることができ申した。子息、酒は嗜《たしな》まれぬか」

「それがし、この正月、元服をなしたばかりの十四にございます」

といつもの断りの言葉を述べた。

「さようか、十四歳ではちと酒は早いか」

「父とふたり、大酒飲みでは母上がお困りになります」

「いかにもいかにも」

と笑い顔で返答したところに茂と与野吉が枡酒を運んできて、一段と境内が賑やかになった。

この日、小籐次一行が宮浦湊の三島丸に戻ったのは六つ半を過ぎていた。

四

晴天の江戸である。

芝口橋の紙問屋の船着場に望外川荘の研ぎ舟蛙丸が横付けされた。

刻限は四つ（午前十時）の時鐘が響いて消えた直後だった。

荷積みを終えた船を見送っていた大番頭の観右衛門が、

「おや、どうなさったお梅さん、兵吉さんや」

と望外川荘からの蛙丸を迎えた。むろん望外川荘の赤目一家は江戸を不在にし、旅の空の下にあった。ゆえに広々とした胴ノ間に若い女衆のお梅ひとりが乗っていた。

「大番頭さん、なんぞ赤目様方から文は届いていませんか」

とお梅が尋ねた。

「このところ酔いどれ様からも駿太郎さんからもなんの連絡《つなぎ》もございませんな。おそらくは瀬戸内の灘を船旅の最中、そろそろ豊後国に近づいていてもよいころですがな」

幾たびも小籐次と駿太郎の旅路を絵地図で辿っている風の観右衛門が答えた。

「やはり届いていませんか。珍しく三河のおりょう様からわたしにあてて望外川荘に変わりがないか、との文が届きました」

「おうおう、望外川荘のことを気になされたか。おりょう様、江戸が懐かしく感じられるようになったようですな。さりとてお戻りになるのは、あと二月掛かりましょうに」

と応じた観右衛門が、

「望外川荘はなんぞ差し障りがありますかな」

と一応聞いておこうといった口調で尋ねた。

「国三さん方がしばしばお見えになって、ご存じのようになんとか百助さんやクロスケとシロ二匹で広い屋敷で暮らしています。やはり主一家がいないのは寂しいものですね」

「はい、須崎村ばかりかうちも店先に赤目様父子の紙人形が留守をなしておりますがな、通りがかりのだれもが、『ほんものがいないと久慈屋の店先が寂しい』ともらしていかれます。三月の留守は長いですな」

と正直な気持を吐露し合ったところに、

「寂しいどころじゃねえぜ。おりゃ、商売が上がったりだ。お梅さんよ、おりょう様から、独りで江戸に帰るなんてことを言ってこなかったか。読売によ、なにか酔いどれ一家の動きを少しでも認めて彩りにしたいんだがよ」

読売屋の空蔵が船着場の問答を聞いていたらしく、橋の上から口を挟んだ。

「いえ、さようなことは一行も」

「認めてないか」

「空蔵さん、おまえさんのために赤目様ご一家は旅をしているのではございませんぞ」

観右衛門が馴染みの読売屋に言い放った。

「そりゃそうだがよ、こちとら口が干上がっているんだよ。仕方ねえ、望外川荘でさ、犬が仔を生んだなんて話もないか」

と空蔵がお梅に質し、

「ございません」

とあっさりと答えられていた。

一方、蛙丸の船頭の兵吉と話していた番頭の国三が、

「大番頭さん、お梅さん方はおりょう様の実家の北村家におりょう様がお元気に過ごしていることを知らせに参る途中だそうですよ」

お梅が空蔵の読売のタネにならないように大声で告げた。

「おお、そうですか。ならば、帰りにお寄りなされ、その折は読売屋のほら蔵さんもおりますまい。お鈴に甘い物などを用意させておきますでな」

観右衛門も国三の大声の意を察して言った。

「はい。おりょう様のご実家の様子などを三河のおりょう様に文にてお知らせします。大番頭さん、わたし、飛脚を使って文を出すなんて初めてです」

とお梅が不安を訴えた。

「おうおう、お梅さん、文を書くとはよい経験ですよ。江戸の様子をあれこれ認めたら国三が訪ねた折に預けなされ。私どもの文といっしょに三河に送りますで

な」

という観右衛門の言葉に送られて兵吉が棹を差して船着場を離れた。

芝口橋を潜《くぐ》ったところで、

「兵吉従兄《あに》さん、おりょう様が望外川荘に家族が増えるかもしれないと書いてこられたけど、どういうことかしら。このことを久慈屋さんに伝えるのを忘れちゃったわ」

「確かな話じゃねえんだろ。ともかくよ、おりょう様だけでも早く江戸に戻ってこねえかね、なんとも寂しいもんだな」

と言い合って、

「従兄さん、おりょう様の文に北村様のお屋敷がどこか書いてあったけど、あれで従兄さん、分かる」

「おお、およそのところは分かるぜ。あとは御歌学方だかなんだか、あの辺りでだれぞに訊けば承知だろうよ。船頭兵吉様の勘に任せておきなって、お梅よ」

雲ひとつない空のもと、従妹のお梅を乗せた蛙丸が御堀をゆったりと進んでいった。

数日後のことだ。

森藩久留島家の御座船三島丸は、安芸国広島の湊を離れて伊予灘を目指し、三嶋の大山祇神社の神紋といっしょの隅切折敷縮三文字の家紋を染めた主帆の他に、初めて補助柱を立て、二本帆柱になり快走を続けていた。主甲板の荷を広島にて下ろしたので補助柱が立てられたのだ。

「どうだ、船が軽くなってよ、一気に船足が増したと思わないか」

茂が駿太郎に威張ってみせた。

「二本帆柱なんてまるで異国船ですね」

「だろう、二本帆柱が三島丸の真骨頂よ。満足か、駿太郎さんよ」

「満足なんてものじゃありません。森藩の家紋が大山祇神社の神紋と同じこともびっくりしました」

「おれも知らなかったぜ」

「それになにより来島沖の狂う潮にも驚きました。引き潮と満ち潮の差がまるで滝のようで三島丸の舳先が天に向かって上ったり海面に突っ込んだりして魂消ました」

駿太郎はこの数日見聞した出来事が赤目家の先祖の出自を示していることに驚

いたものだった。そこへふらりと小籐次が姿を見せた。

「この数日、驚くことばかりじゃのう」

ふたりの問答を聞いていたらしい小籐次が言った。

「森藩の家紋、なんと大山祇神社の神紋と同じですよ。父上、知っておられましたか」

「おお、今朝方、主帆が拡がった折に気付いてびっくりしたわ」

「森藩は海から山へと追いやられて貧乏になったのかもしれません。だけど、家紋に村上水軍の証しがあるなんて、他の大名家にはありませんよね」

小籐次と駿太郎は、大山祇神社において来島水軍流を父子で奉献して以来、きちんと話す機会がなかった。なにしろ次に訪ねたのが、伊予水軍の要塞のひとつ、来島だった。小籐次一行を乗せた三島丸は三嶋の宮浦湊から伯方島へと南下して、来島を訪ねたのだ。それは主船頭の利一郎の判断であった。

小籐次父子に大山祇神社にまず参らせ、そのあと赤目一族の流儀の源になった来島を見せたいとの考えからだった。

三島丸が小島や岩場が複雑に無数ある狭い瀬戸のどこを走っているかなど、利一郎の他は助船頭くらいしか承知していなかったのだ。それにしても狭い瀬戸の潮流、狂う潮は尋常ではなかった。

「わしは恥ずかしながら来島水軍流の由来、主船頭利一郎どのが見せてくれた『狂う潮』からきているとは知らなかったわ。わが赤目家に伝わる剣技を先祖が来島水軍流と名付けた曰くを知り、言葉を失ったぞ」

「茂さんから聞いたこの話、父上に話しませんでしたか」

「聞いたかのう。ついつい船旅に上気して忘れたかのう、歳はとりたくないものじゃ」

「父上も平常心ではありませんか」

「おお、いかにも平常心を欠いておるな。ともかくじゃ、殿がどのような思惑でわれら父子を参勤下番に誘われたか、未だ真のところは知らぬ。じゃがな、赤目家に伝わってきた剣術の源の地と海と島を利一郎どのに教えられて、旅にきた甲斐があったとつくづくこの数日、感動の想いに浸ったものよ」

小籐次は興奮していた。

「それがしも同じです」

ふたりの問答を聞いていた茂が、

「おりゃよ、大山祇神社の大クスノキの前でふたりがよ、来島水軍流の奥義をクスノキ様と大山祇命様に捧げられたときまで、駿太郎さんの親父様が天下一の武人と巷できかされてきたことを信じられなかったんだ。そう、赤目小籐次様と駿太郎さんにはよ、伊予水軍の源、大山祇命様がついておられるんだよ。狂う潮の如く強いはずだよな」

とふたりを前に改めて感嘆した。

「父上、覚えておられますか。三河の内海を見下ろす老木のことを」

不意に駿太郎が話柄を変えた。

「おお、子次郎や波平や与助らが木小屋を造った古木か、漁師仲間たちの間で神木扱いであったな。あの木もなかなかのものであったぞ」

「子次郎さん方は自分の寝床のために小屋を木の上に建てたのですが、今では薫子様が三河の内海を眺めるための木小屋になりました」

「それがどうしたな」

しばし間を置いた駿太郎の、

「あの老木も楠です」

との言葉を聞いて沈黙した小籐次が、

「な、なんと」

と洩らし、ふたたび沈思した。長い沈黙のあと、

「われらは三河からすでに瀬戸内の海や島々を支配してきた伊予水軍の出自を辿る旅をなしていたのか」

「そう思われませんか、父上」

「過ぎし諸々の俗事も今後起こる騒ぎもわれらにとって大したことではないな」

「はい。安芸の広島に二日ほど滞在しました折、三島丸の主甲板から山積みの荷が消えました。国家老一派の家臣方と初めて顔合わせしましたが、あの方々は伊予水軍の先祖など、もはやなんの意も値うちもないという言動にございました。ひたすら儲けに走っておられました」

荷下ろしに携わったのは御用人頭の水元に指揮された国家老一派だけであった。かれらはもはや村上水軍の来島家の矜持も誇りも持っていないと駿太郎はいうのだ。

「駿太郎さんはよ、大山祇神社で会った浅野家のご家来衆の口利きで広島城下の藩道場に通ったよな」

茂が話題を変えて問い、

「はい。さすがに安芸国の大藩ですね、代々伝わる間宮一刀流も多田円明二刀流

も見事の一語、格調のある剣術でした。それがし、広島の二日間の経験は生涯忘れません」

と言い切った。

「駿太郎さんよ、わしらが森藩に仕える前、浅野様の御用船を動かしていたといったよな。主船頭はよ、いまも浅野家の船奉行様とつながりがあるのよ。その船奉行様が、『利一郎、そなた、えらい若武者を乗合客にしておるな。藩の御家流の面々が駿太郎さんひとりに太刀打ちできなかった』と嘆かれたそうだぞ」

「それは違います。浅野家の剣術は、強いとか弱いとか、さようなことは抜きにして重厚な剣術にございましたよ」

と駿太郎が改めて告げ、言い添えた。

「森藩からの帰路には『必ずや父御の赤目小籐次を伴って道場に来訪せよ』と重臣方がそれがしに繰り返し申されました」

駿太郎の言葉を聞いた小籐次が、

「最前の繰り返しになるが、われら、詰まらぬことを気にしておったな。駿太郎は得難い経験をこの三島丸でも明石藩でも広島藩でもしてきたのだ。そなたにとって、これ以上の修行旅があろうか」

と言い切り、

「はい」

と駿太郎が答えた。

三島丸は、摂津の内海を出て播磨灘、備讃瀬戸、燧灘、安芸灘と走ってきて、いまや最後の伊予灘を走っている。

小籐次と駿太郎は舳先矢倉から三島丸が風と波を突っ切り航海する様を飽きずに眺めていた。

村上一族はかつて、東の備後鞆《びんごとも》から西は周防灘の三田尻や豊後の岸辺までと広大な海域で活動していた。

この広い海域を根拠地《ねじろ》にして村上一族が活躍し、赤目小籐次の先祖につながる来島一族も伊予本土沿岸の来島に「縄張り」を得ていたのだ。

そんな海を小籐次と駿太郎は凝視していた。

摂津の内海を出て長い歳月が過ぎたようでもあり、刹那であった感じもして、父子は瀬戸内の船旅が充実しているのを感じていた。

「われの来島水軍流は、狂う潮から転じたものと知っただけでも得難いことであったわ」

「父上、その他のことは忘れてもよいと」

「そうではないぞ、そなたが父に言うたではないか、三河の楠が大山祇神社の御神木につながるように、すべて見聞したことがわしにこれまでの来し方がなんであったか教えてくれよるわ。

駿太郎、父の述べたことなど忘れよ。この行く手の伊予灘が豊後の玖珠に追いやられた来島一族のいまをわれらに語りかけてくれると思わぬか」

「いかにもさようです」

と応じた駿太郎はひたすら海を見ていた。

同日、同刻限、おりょうは薫子とふたり、楠の枝に造られた小屋から三河の内海を眺めていた。

西に傾いた光がふたりの女たちの姿を黄金色に浮かばせていた。

「母上、子次郎さんや波平さんの乗った漁り舟が湊に戻って参ります」

「薫子、よう分かりましたね」

「はい、毎朝起きるのが怖いくらい光を少しずつですが強く感じられます。ですが、かようなことが」

「いつまでも続くとは思えない、と薫子は恐れているのですね」

「はい」

「もはやさようなことはありません。三河の内海の神様とこの楠の御神木が薫子の今後を見守っておられますからね」

はい、と頷いた薫子が、

「母上、見えますか。赤目小籐次様と駿太郎さんが森藩の国許の湊を見ておられます」

三河の内海の向こう、知多半島を見ていた薫子がおりょうを母上と呼んだ。眼が不じゅうな薫子だけに想像する才がだれよりも備わっていると、おりょうは知っていた。

「おお、豊後の海を御座船は帆走しておりますか」

「ただ今この瞬間、おふたりは、先祖が活躍した海を見ておられます」

「ふたりは船旅を楽しんでおるのですね」

「はい、海から山を望んでおられます」

「赤目家の先祖の海と山を堪能しておりますか」

「赤目様も駿太郎さんも言葉もなく見ておられます」

「旅を父子して楽しんでおるならば、なにもいうことはありませんね」

「はい」

と薫子が言い切ったとき、三河の内海の対岸、知多半島の羽豆《はず》岬に黄金色の夕陽がきらきらと煌めいて落ちていった。


小籐次と駿太郎を乗せた三島丸は、速吸瀬戸《はやすいのせと》を横目に伊予の海から豊後の山を望遠していた。

「父上、もしやしてあの陸地が豊後国ではありませんか」

「かもしれんな。なんという船旅か。かように夕映えの美しい海を見たことはないわ。うーむ、駿太郎のいうように豊後の陸影かもしれぬ」

舳先矢倉を小籐次と駿太郎父子が独占していた。いや、初めて先祖の地を、海の民から山へと追いやられた来島一族改め、久留島一族の運命を父子だけに感じさせようと茂たちは、親子の傍らから遠慮して離れていた。

「酔いどれ様よ、駿太郎さんよ、行く手に陸地が見えるじゃろう。あれが久留島の殿様の飛地じゃぞう」

と利一郎がふたりの問答を察したように艫矢倉の舵場から叫んできた。

「おお、やはりそうか」

と応じた小籐次が改めて西国の一部、豊後の陸影を見た。

「主船頭さん、よい船旅を有り難うございました」

と駿太郎が礼を述べ、

「わしらも赤目様父子といっしょに瀬戸内の灘をへ巡って、なんとも楽しい船旅でしたぞ」

と利一郎が応じた。

そこへ久留島通嘉と近習頭の池端恭之助が連れだって舳先矢倉に姿を見せた。

「駿太郎、そなたの旅は始まったばかりじゃぞ」

という通嘉の口調がしっかりとしているのに駿太郎は驚いた。一方、池端のほうはひと廻り体が小さくなるほど痩せて顔も青白かった。嵐を伴った揺れによる船酔いのせいだ。

「殿様、海の旅を十分に楽しませてもらいました」

「われらが先祖の来島一族の大山祇神社も来島も楽しんだようじゃのう」

「はい。それがし、狂う潮にわが来島水軍流の神髄を見ました」

「おお、駿太郎の頭を占めているのは剣術ばかりか」

「いえ、播磨灘から伊予灘まで瀬戸内の豊かな海の多彩なことも頭に刻みつけました。殿様、かような旅にお誘い下さいまして有難うございます」

駿太郎が改めて述べると通嘉が舳先矢倉へと上がってきて、小籐次と駿太郎の間に立った。

そのとき、通嘉の船酔いはなんぞ曰くがあっての「仮病」ではないかと駿太郎は思った。そして、おそらく同乗している国家老一派の家臣と顔を合わせるのを嫌ってのことではないかと推量した。

三人は段々と近づいてくる頭成の湊を無言で見つめていた。

「主帆、補助帆を半下げにせんかえ」

との命が助船頭の弥七から発せられた。

「畏まって候」

と応じた駿太郎が舳先矢倉から主甲板に下りていこうとしたとき、通嘉の、

「赤目小籐次、しかと頼んだぞ」

という言葉が駿太郎の耳に届いた。だが、父の小籐次の返事は聞き取れず、帆を下ろすために神楽桟のもとへと走っていった。

この作品は文春文庫のために書き下ろされたものです。

文春文庫

狂《くる》う潮《うしお》
新《しん》・酔《よ》いどれ小藤次《ことうじ》（二十三）

定価はカバーに
表示してあります

2022年6月10日　第1刷

著　者　佐《さ》伯《えき》泰《やす》英《ひで》
発行者　花田朋子
発行所　株式会社　文藝春秋

東京都千代田区紀尾井町 3-23　〒102-8008
TEL　03・3265・1211㈹
文藝春秋ホームページ　http://www.bunshun.co.jp

落丁、乱丁本は、お手数ですが小社製作部宛お送り下さい。送料小社負担でお取替致します。

印刷・凸版印刷　製本・加藤製本
Printed in Japan
ISBN978-4-16-791886-6

（　）内は解説者。品切の節はご容赦下さい。

佐伯泰英
神隠し
新・酔いどれ小籐次（一）
背は低く額は禿げ上がり、もくず蟹のような顔の老侍で、無類の大酒飲み。だがひとたび剣を抜けば来島水軍流の達人である赤目小籐次が、次々と難敵を打ち破る痛快シリーズ第一弾！
さ-63-1

佐伯泰英
願かけ
新・酔いどれ小籐次（二）
一体なんのご利益があるのか、研ぎ仕事中の小籐次に賽銭を投げて拝む人が続出する。どうやら裏で糸を引く者がいるようだが、その正体、そして狙いは何なのか――。シリーズ第二弾！
さ-63-2

佐伯泰英
桜吹雪《はなふぶき》
新・酔いどれ小籐次（三）
夫婦の披露目をし、新しい暮らしを始めた小籐次。呆けが進んだ長屋の元差配のために、一家揃って身延山久遠寺への代参の旅に出るが、何者かが一行を待ち受けていた。シリーズ第三弾！
さ-63-3

佐伯泰英
姉と弟
新・酔いどれ小籐次（四）
小籐次に斃された実の父の墓石づくりをする駿太郎と、父のもとで鋳職人修業を始めたお夕。姉弟のような二人を見守る小籐次に、戦いを挑もうとする厄介な人物が―。シリーズ第四弾。
さ-63-4

佐伯泰英
柳に風
新・酔いどれ小籐次（五）
小籐次は、新兵衛長屋界隈で自分を尋ねまわる怪しい輩がいると知り、読売屋の空蔵に調べを頼む。これはネタになるかと張り切る空蔵だが、その身に危機が迫る。シリーズ第五弾！
さ-63-5

佐伯泰英
らくだ
新・酔いどれ小籐次（六）
江戸っ子に大人気のらくだの見世物。小籐次一家も見物したが、そのらくだが盗まれたうえに身代金を要求された！　なぜか小籐次が行方探しに奔走することに……。シリーズ第六弾！
さ-63-6

佐伯泰英
大晦り《おおつごもり》
新・酔いどれ小籐次（七）
火事騒ぎが起こり、料理茶屋の娘が行方知れずになる。同時に焼け跡から御庭番の死体が見つかっていた。娘は事件を目撃して攫われたのか？　小籐次は救出に乗り出す。シリーズ第七弾！
さ-63-7

佐伯泰英
夢三夜
新・酔いどれ小籐次（八）
新年、宴席つづきの上に町奉行から褒美を頂戴した小籐次を、刺客が襲った。難なく返り討ちにしたが、その刺客の雇い主に気づいたおりょうは動揺する。黒幕の正体、そして結末は？
さ-63-8

佐伯泰英
船参宮
新・酔いどれ小籐次（九）
心に秘するものがある様子の久慈屋昌右衛門に請われ、伊勢へ同道することになった小籐次。地元の悪党や妖しい黒巫女が行く手を阻もうとするところ、無事に伊勢に辿り着けるのか？
さ-63-9

佐伯泰英
げんげ
新・酔いどれ小籐次（十）
北町奉行所から極秘の依頼を受けたらしい小籐次が、嵐の夜に小舟に乗ったまま行方不明に。おりょうと駿太郎、そして江戸中の人々が小籐次の死を覚悟する。小籐次の運命やいかに!?
さ-63-10

佐伯泰英
椿落つ
新・酔いどれ小籐次（十一）
小籐次が伊勢参りの折に出会った三吉が、強葉木《つばき》谷の精霊と名乗る謎の相手に付け狙われ、父を殺された。敵は人か物の怪か。三吉を救うため、小籐次と駿太郎は死闘を繰り広げる。
さ-63-11

佐伯泰英
夏の雪
新・酔いどれ小籐次（十二）
将軍にお目見えがなった小籐次は見事な芸を披露して喝采を浴びるが、大量の祝い酒を贈られて始末に困る。そんな折、余命わずかな花火師の苦境を知り、妙案を思いつくが……。
さ-63-12

佐伯泰英
鼠草紙《ねずみのそうし》
新・酔いどれ小籐次（十三）
小籐次一家は、老中青山の国許であり駿太郎の実母・お英が眠る丹波篠山へと向かう。実母の想いを感じる駿太郎だったが、お家再興を諦めないお英の兄が、駿太郎を狙っていた。
さ-63-13

佐伯泰英
旅仕舞
新・酔いどれ小籐次（十四）
残忍な押込みを働く杉宮の辰麿一味が江戸に潜入したらしい。探索の助けを求められた小籐次は、一味の目的を探るうち、標的が自分の身辺にあるのではと疑う。久慈屋に危機が迫る！
さ-63-14

（　）内は解説者。品切の節はご容赦下さい。

佐伯泰英
鑓騒ぎ　新・酔いどれ小籐次（十五）

小籐次の旧主・久留島通嘉が何者かに「新年登城の折、御鑓先を頂戴する」と脅された。これは「御鑓拝借」の意趣返しか？　藩を狙う黒幕の正体は、そして小籐次は旧主を救えるか？

さ-63-15

佐伯泰英
酒合戦　新・酔いどれ小籐次（十六）

十三歳の駿太郎はアサリ河岸の桃井道場に入門、年少組で稽古に励む。一方、肥前タイ捨流の修行者に勝負を挑まれた小籐次は、来島水軍流の一手を鋭く繰り出し堀に沈めてみせるが――。

さ-63-16

佐伯泰英
鼠異聞　上下　新・酔いどれ小籐次（十七・十八）

「貧しい家に小銭を投げ込む」奇妙な事件が続く中、高尾山薬王院へ紙を納める久慈屋の旅に、息子の駿太郎らとともに同行する小籐次。道中で、山中で、一行に危険が迫る！

さ-63-17

佐伯泰英
青田波　新・酔いどれ小籐次（十九）

「幼女好み」の卑劣な男から、盲目の姫君を救ってほしい。小籐次に助けを求めるのは、江戸中を騒がせるあの天下の怪盗!?　武家の官位を左右する力を持つ高家肝煎を相手にどうする。

さ-63-19

佐伯泰英
三つ巴　新・酔いどれ小籐次（二十）

小籐次の新舟「研ぎ舟蛙丸」の姿に江戸中が沸く中、悪事を重ねるニセ鼠小僧。元祖鼠小僧・奉行所・そして小籐次が、普段ならありえないタッグを組んでニセ者の成敗に乗り出す！

さ-63-20

佐伯泰英
小籐次青春抄　品川の騒ぎ・野鍛冶

豊後森藩の厩番の息子・小籐次は野鍛冶に婿入りしたかつての悪仲間を手助けに行くが、その村がやくざ者に狙われているのを知り一計を案じる。若き日の小籐次の活躍を描く中編二作。

さ-63-50

佐伯泰英
御鑓拝借《おやりはいしやく》　酔いどれ小籐次（一）　決定版

森藩への奉公を解かれ、浪々の身となった赤目小籐次、四十九歳。胸に秘する決意、それは旧主・久留島通嘉の受けた恥辱をすすぐこと。仇は大名四藩。小籐次独りの闘いが幕を開ける！

さ-63-51

文春文庫　佐伯泰英の本

佐伯泰英

意地に候

酔いどれ小籐次（二）決定版

御鑓拝借の騒動を起こした小籐次は、久慈屋の好意で長屋に居を定め、研ぎを仕事に新たな生活を始めた。だが威信を傷つけられた各藩の残党は矛を収めていなかった。シリーズ第2弾！

さ-63-52

佐伯泰英

寄残花恋《のこりはなよするこい》

酔いどれ小籐次（三）決定版

小金井橋の死闘を制した小籐次は、生涯追われる身になったと悟り甲斐国へ向かう。だが道中で女密偵・おしんと知り合い、ともに甲府を探索することに。新たな展開を見せる第3弾！

さ-63-53

佐伯泰英

一首千両

酔いどれ小籐次（四）決定版

鍋島四藩の追腹組との死闘が続く小籐次だったが、さらに江戸の分限者たちが小籐次の首に千両の賞金を出し、剣客を選んで襲わせるという噂が…。小籐次の危難が続くシリーズ第4弾！

さ-63-54

佐伯泰英

孫六兼元

酔いどれ小籐次（五）決定版

久慈屋の依頼で芝神明の大宮司を助けることになった小籐次。社殿前の賽銭箱に若い男が剣で串刺しにされ、死んでいたという。大宮司は、小籐次に意外すぎる秘密を打ち明けた——。

さ-63-55

佐伯泰英

騒乱前夜

酔いどれ小籐次（六）決定版

自ら考案した行灯づくりの指南に水戸に行くことになった小籐次。だがなぜか、同行者の中に探検家・間宮林蔵の姿が。幕府の密偵との噂もある彼の目的は何なのか？　シリーズ第6弾！

さ-63-56

佐伯泰英

子育て侍

酔いどれ小籐次（七）決定版

刺客、須藤平八郎を討ち果たし、約定によりその赤子、駿太郎を引き取った小籐次。周囲に助けられ〝子育て〟に励む小籐次だったが、駿太郎の母と称する者の影が見え隠れし始め……。

さ-63-57

佐伯泰英

竜笛嫋々《りゅうてきじょうじょう》

酔いどれ小籐次（八）決定版

おりょうに持ち上がった縁談。だがおりょうは不安を小籐次に吐露する。相手の男の周りは不穏な噂が絶えない。そして、おりょうの突然の失踪——。想い人の危機に、小籐次どう動く？

さ-63-58

（　）内は解説者。品切の節はご容赦下さい。

佐伯泰英
春雷道中
酔いどれ小籐次（九）決定版
行灯の製作指南と、久慈屋の娘と手代の結婚報告のため水戸に向かった小籐次一行。だが密かに久慈屋の主の座を狙っていた番頭が、あろうことか一行を襲撃してくる。シリーズ第9弾！
さ-63-59

佐伯泰英
薫風鯉幟《くんぷうこいのぼり》
酔いどれ小籐次（十）決定版
野菜売りのうづが姿を見せず、心配した小籐次が在所を訪ねると、彼女に縁談が持ち上がっていた。良縁かと思いきや、相手は厄介な男のようだ。窮地に陥ったうづを小籐次は救えるか？
さ-63-60

佐伯泰英
偽小籐次
酔いどれ小籐次（十一）決定版
小籐次の名を騙り、法外な値で研ぎ仕事をする男が現れた！その男の正体を探るため小籐次は東奔西走するが、裏には予想外の謀略が……。真偽小籐次の対決の結末はいかに!?
さ-63-61

佐伯泰英
杜若艶姿《とじゃくあですがた》
酔いどれ小籐次（十二）決定版
当代随一の女形・岩井半四郎から芝居見物に誘われた小籐次は、束の間の平穏を味わっていた。しかしそれは長く続かず、久慈屋に気がかりが出来。さらに御鑓拝借の因縁が再燃する。
さ-63-62

佐伯泰英
野分一過《のわきいっか》
酔いどれ小籐次（十三）決定版
野分が江戸を襲い、長屋の住人達は避難を余儀なくされた。そのさ中、小籐次は千枚通しで殺された男を発見。その後、同じ手口で殺された別の男も発見され、事態は急変する……。
さ-63-63

佐伯泰英
冬日淡々
酔いどれ小籐次（十四）決定版
小籐次は深川惣名主の三河蔦屋に請われて、成田山新勝寺詣でに同道することに。だが物見遊山に終わるわけはなく、一行を付け狙う賊徒に襲われる。賊の正体は、そして目的は何か？
さ-63-64

佐伯泰英
新春歌会
酔いどれ小籐次（十五）決定版
師走、小籐次は永代橋から落ちた男を助ける。だが男は死に、謎の花御札が残された。探索を始めた小籐次は、正体不明の武家に待ち伏せされる。背後に蠢く、幕府をも揺るがす陰謀とは？
さ-63-65

佐伯泰英
旧主再会
酔いどれ小籐次（十六）決定版

旧主・久留島通嘉に呼び出された小籐次は、思いがけない依頼を受ける。それは松野藩藩主となった若き日の友の窮地を救うことだった。旧主と旧友のために、小籐次は松野へ急ぐ。

さ-63-66

佐伯泰英
祝言日和
酔いどれ小籐次（十七）決定版

公儀の筋から相談を持ちかけられた小籐次。御用の手助けは控えたかったが、外堀は埋められているようだ。久慈屋のおやえと浩介の祝言が迫るなか、小籐次が巻き込まれた事件とは？

さ-63-67

佐伯泰英
政宗遺訓
酔いどれ小籐次（十八）決定版

長屋の空き部屋から金無垢の根付が見つかった。歴代の持ち主は小籐次ゆかりのお大尽を始め有名人ばかり。お宝をめぐって長屋の住人からお殿様まで右往左往の大騒ぎ、決着はいかに？

さ-63-68

佐伯泰英
状箱騒動
酔いどれ小籐次（十九）決定版

水戸へ向かった小籐次は、葵の御紋が入った藩主の状箱が奪われるという事件に遭遇する。葵の御紋は権威の証。誰が何のためにやったのか？　書き下ろし終章を収録、決定版堂々完結！

さ-63-69

佐伯泰英
奈緒と磐音
居眠り磐音

〝居眠り磐音〟が帰ってきた！　全五十一巻で完結した平成最大の人気シリーズが復活。夫婦約束した磐音と奈緒の幼き日々から悲劇の直前までを描き、万感胸に迫るファン必読の一冊。

さ-63-70

佐伯泰英
武士の賦
新・居眠り磐音

〝でぶ軍鶏〟こと重富利次郎、朋輩の松平辰平、そして雑賀衆女忍びだった霧子。佐々木道場の門弟で、磐音の弟妹ともいうべき若者たちの青春の日々を描くすがすがしい連作集。

さ-63-71

佐伯泰英
初午祝言
新・居眠り磐音

品川柳次郎とお有の祝言を描く表題作や、南町奉行所与力の笹塚孫一が十七歳のとき謀略で父を失った経緯を描く「不思議井戸」など、磐音をめぐる人々それぞれの運命の一日。

さ-63-72

（　）内は解説者。品切の節はご容赦下さい。

佐伯泰英
おこん春暦
新・居眠り磐音
母を病で亡くしたばかりのおこん十四歳。父の金兵衛と二人で住む長屋に下野国から赤子を抱いた訳ありの侍夫婦が流れ着く。やがて今津屋に奉公に行くまでを描く〝今小町〟の若き日。
さ-63-73

佐伯泰英
幼なじみ
新・居眠り磐音
深川の唐傘長屋で身内同然に育った幸吉とおそめ。磐音の長屋暮らしの師匠・幸吉はやがて鰻処宮戸川に奉公、おそめも縫箔師を目指し弟子入りする。シリーズでも人気の二人の成長物語。
さ-63-74

佐伯泰英
陽炎ノ辻
居眠り磐音（一）決定版
豊後関前藩の若き武士三人が、帰着したその日に、互いを斬る窮地に陥る。友を討った哀しみを胸に江戸での浪人暮らしを始めた坂崎磐音は、ある巨大な陰謀に巻き込まれ……。
さ-63-101

佐伯泰英
寒雷ノ坂
居眠り磐音（二）決定版
江戸・深川六間堀の長屋。浪々の身の磐音は糊口をしのぐべく、鰻割きと用心棒稼業に励む最中、関前藩勘定方の上野伊織と再会する。藩を揺るがす疑惑を聞いた磐音に不穏な影が迫る。
さ-63-102

佐伯泰英
花芒ノ海
居眠り磐音（三）決定版
深川の夏祭りをめぐる諍いに巻き込まれる磐音。国許の豊後関前藩では、磐音と幼馴染みたちを襲った悲劇の背後にうごめく陰謀がだんだんと明らかになる。父までもが窮地に陥り……。
さ-63-103

佐伯泰英
雪華ノ里
居眠り磐音（四）決定版
豊後関前藩の内紛終結に一役買った磐音だが、許婚の奈緒の姿がない。病の父親のため自ら苦界に身を落としたという。秋深まる西国、京都、金沢。磐音を待ち受けるのは果たして――。
さ-63-104

佐伯泰英
龍天ノ門
居眠り磐音（五）決定版
吉原入りを間近に控えた奈緒の身を案じる磐音は、その身に危険が迫っていることを知る。花魁道中を密かに見守る決意を固める磐音。奈緒の運命が大きく動く日、彼女に刃が向けられる！
さ-63-105

佐伯泰英
雨降ノ山
居眠り磐音（六）決定版
磐音の用心棒稼業は貧乏暇なし。婀娜っぽい女を助けて騒動に巻き込まれる。盛夏、今津屋吉右衛門の内儀お艶の病気平癒を祈るため、大山寺詣でに向かう一行に不逞の輩が襲い掛かる！
さ-63-106

佐伯泰英
狐火ノ杜
居眠り磐音（七）決定版
おこんの慰労をという今津屋の心遣いで、紅葉狩りへと出かけた磐音たち。しかし、狼藉を働く直参旗本たちに出くわす。後日、狐火見物に出かけた折にもおこんの身に危険が迫り……。
さ-63-107

佐伯泰英
朔風ノ岸
居眠り磐音（八）決定版
新年早々、磐音は南町奉行所与力の笹塚孫一に乞われ、名立たる商人一家の毒殺事件の探索に助勢する。一方で、蘭医・中川淳庵の命を狙う破戒僧の一味との対決の時が迫っていた……。
さ-63-108

佐伯泰英
遠霞ノ峠
居眠り磐音（九）決定版
吉原遊女三千人の頂に立つ新たな太夫を客たちが選ぶ催しが行われることに。花魁・白鶴となったかつての許婚・奈緒の名が「松の位」の有力な候補として噂され、磐音の心を騒がせる。
さ-63-109

佐伯泰英
朝虹ノ島
居眠り磐音（十）決定版
見世物一座の美人姉妹の妹の捜索で、思わぬ失態を演じた磐音。熱海の石切場を巡見する今津屋一行に友人の柳次郎と同行、普請奉行の素行を疑い、探索する中、柳次郎が行方不明に……。
さ-63-110

佐伯泰英
無月ノ橋
居眠り磐音（十一）決定版
研ぎに出していた備前包平を受け取りに研ぎ師のもとを訪ねた磐音。そこには徳川家に不吉をもたらすとされる勢州村正を正宗と改鑿して持ち込もうとする大身旗本用人の姿があった。
さ-63-111

佐伯泰英
探梅ノ家
居眠り磐音（十二）決定版
今津屋老分番頭の由蔵に乞われ、磐音は鎌倉へ同道する。主人吉右衛門の後添えに迎えたいと、小田原宿の小清水屋の娘お香奈と対面を果たしたが、翌朝、お香奈は姿をくらませて……。
さ-63-112